新　潮　文　庫

かけがえのないもの

養老孟司著

新　潮　社　版

8608

目次

かけがえのないもの

第一章　自分のことがわからない

前提は生きていること

自然の一部としての人間は、まさにかけがえのない存在です。しかし、この「かけがえのない」という言葉も、自然を抜いて人間関係だけに絞ると意味が微妙に変わってきます。たとえば、余人をもって替えがたし、かけがえのない人といった言い方がありますが、そこには人への評価がつきまとっています。この「人をどう見るか」(どう評価するか)というのはなかなか難しいものです。人をどう見るかということ自体が、本当はよくわからないからです。

人をどう見るかというとき、相手が生きているという前提に立っています。しかし、私がこれまで解剖学で見てきた人というのはみんな死んでいました。これでは人をどう見るかもなにもなく、はっきりとそこに見えています。

人は死ぬと、一視同仁《いっしどうじん》、どんな人も同じように見えてきます。「祇園精舎《ぎおんしょうじゃ》の鐘の声、諸行無常《しょぎょうむじょう》の響《ひび》きあり」という感じがします。祇園精舎というのはインドのお寺で、そこに無常堂というお堂がある。祇園精舎のお坊さんが死にそうになると、この無常堂に運ばれます。堂の四隅にそれぞれ四つの鐘が下がっていて、お坊さんがいよいよ死ぬとなると、鐘が勝手に鳴るのだそうです。

その鳴り方が決まっていて、最初の鐘は「諸行無常」で次の鐘が「是生滅法《ぜしょうめっぽう》」、三番目の鐘が「生滅滅已《しょうめつめつい》」で、最後の鐘が「寂滅為楽《じゃくめついらく》」。そんなふうに鳴るという。

パイロットの才能の見つけ方

では生きている人をどのように見るか——。終戦時に日本海軍の大佐だった源田実《げんだみのる》が書いていますが、戦時中、パイロットがどんどん討ち死にしていくために、補充しなければなりませんでした。パイロットを育てるには費用もかかるし、急いで育成しなくてはならない。しかし、誰でもいいというわけにはいかない。そこで、選別のために、パイロットとしての適性を調べようとしたそうです。ところが、どうやってもうまくいかない。最終的にどうしたか——。なんと、よく当たると評判の人相見を連れてきて、候補者を見せて選ばせたら、それがいちばんうまくいったということです。

じつはアメリカでもまったく同じ問題が起きていました。しかし向こうは心理学者を動員して、パイロットにふさわしい人間の選別をやらせました。その中にギブソンという心理学者がいました。のちにアフォーダンス理論を提唱するジェームズ・ギブソンです。この人がどうやったら効果的な選別を行えるのか、いろいろ研究しました。最初にやったのは、目のいい人を選ぶこと。ところが、目がいいからといってもパイロットの適性があるとは限りませんでした。考えてみればわかることですが、飛んでいるときは空しか見ていないので目の良《よ》し悪《あ》しは関係ない。

そこで、パイロットに適した目のよさとは何かを考えました。事故が多いのは着陸のときで、パイロットにとっていちばん重要なのは、じつは飛行場に降りる時です。着陸のとき、パイロットはいったい飛行場や滑走路をどう見ているのか。

飛行場というのは、芝生や雑草が一面に生えている中に、コンクリートの滑走路がふつう一本走っている。遠近感がはっきりしません。そんな中でパイロットは一体なにを、どのように見ながら降りていくのでしょうか。

ここで気がついたのが、「肌理《きめ》」の違いでした。高度を下げて滑走路に近づいていくと、ベターッと一面の緑だった草地が、一本一本まで見分けがついてくるようになります。つまり緑の肌理が変わってくるのです。そこで、ポイントは肌理の動きではないかという仮説を立てて、実験をしました。ところがそのうちにパイロットの選別はどこかに行ってしまって、新しい心理学の理論ができました。

文化的伝統なのかどうか知りませんが、ともかく同じパイロットの選別という人の見方の話から、日本の場合は人相見に頼る話になり、アメリカでは新しい心理学理論が生まれた。人の見方がこれほど違うのはおもしろいと思います。ちなみにこの新しい心理学は、今では専門に研究している人までいる、大きな分野になっています。

ダーウィンとミミズ

では動物は世界をどう見ているのか。かつて、そういう研究をした人がいるかどうか調べてみると、やっぱりちゃんといました。あの進化論で有名なチャールズ・ダーウィンです。彼はミミズの研究でも有名です。ミミズが土を耕やすことを発見したのはダーウィンです。ミミズというのは、自分で穴を掘ってその穴の中に入っている。その入り口を葉っぱで塞《ふさ》ぐのですが、さらにダーウィンが調べたのは、穴を塞いでる、その葉っぱでした。

ミミズはどうやって葉っぱで穴を塞ぐのか。葉っぱには先の尖《とが》った端と丸い端がありますが、たいがいのミミズが、尖ったほうの端を引っ張りこんで蓋《ふた》をする。ダーウィンはいろいろなミミズの穴を調べて、そのことを発見しました。

暇な人もいるものですが、そこでやめないのがダーウィンのえらいところで、今度は自分でミミズを飼いました。そして、箱の中にミミズと土を入れて、葉っぱの代わりに紙を切って入れてみたのです。尖った端と丸い端を紙でつくって、どっちの側から引っ張りこむかを観察したら、やっぱり尖ったほうから引っ張りこんでいる。なんでミミズが葉っぱの一方が尖っていてもう一方が丸いことをわかっているのか、いまなお謎《なぞ》のままです。科学は謎を次々に解明していると思われがちですが、そうではないという一例です。この例のように、動物が世界をどう見ているのか、わからない部分のほうが多いのです。

長嶋《ながしま》流の物理学

よくわからないという点では、じつは我々人間もまったく同じです。「人をどう見るか」といっても、人間というのは、自分で自分のやってることをよくわかってないからです。人をどう見るかどころではありません。よく例としてあげるのが、ジャイアンツにいた長嶋茂雄さんのことです。

長嶋さんは球史に残る名選手でした。では野球とは何なのか。理科的に言えば、物理学です。ボールが向こうからあるスピードで飛んでくるので、それを棒で引っぱたく。その結果、ボールがどこかに飛んでいく。野球は物理学で完全に説明することができます。

そこで私は、長嶋さんに物理の勉強させたらどうかなあ、と考えるのです。あの人には学生時代からいろいろと逸話があって、物理を勉強させてもムダなような気がする。ところが、長嶋さんが実際にやってるのは、完全な物理学です。あの人ぐらいいいところでホームランを打てる人はなかなかいませんでした。だとすれば、彼は古典力学であるニュートン力学をほかの人より十分にマスターしているはずです。ところが勉強としての物理学になると、そうとは言えない。いったいなぜ、こんなおかしな話になるのか。

少し別の言い方をします。よく超常現象とか超能力とか言われるものがあります。あれが人間の通常の能力を超えたもの、という意味であれば、長嶋さんは典型的な超能力者です。物理学は全然わからないのに、きちんとボールの物理的な取り扱いができるからです。これも、人間は自分のことがわからない、という典型的な例です。

長嶋さんの野球は、間違いなく脳がやっている。筋肉も必要ですが、普通の人でも筋肉は持っていてボールぐらいは打てます。問題は脳で、長嶋さんの脳の中には、非常に優れたソフトウェアが入っている。長嶋さんのソフトを使えば、あれだけホームランが打てるということです。

何億年もかけて受け継がれてきたもの

我々の祖先は最初は水の中に住んでいて、シーラカンスみたいな格好をしていました。五億年ほど遡《さかのぼ》れば、あのような格好になってしまう。ただ、その後一回も途切れることなく、親が卵を産んで、卵が親になって、その親がまた卵を産んで……という繰り返しを続け、いつの間にかその卵から、人間ができるようになった。

では魚の代で何をしたかというと、陸に上がりました。陸に上がると歩かなければならないし、いろいろ運動しなければいけないので、脳の中に運動のソフトウェアができていった。運動が下手なものはほかの魚に食われたか、とにかくいなくなっていった。五億年もかけているので、そのソフトも非常に洗練されました。

だから、我々の身体というのは、重力の性質を非常によく心得ていて、なにも長嶋さんに限らず、みんなそれなりのソフトを自分の中に持っているのです。たとえば二足歩行。あっちに行こうと思えば、間違えずに歩いていくことができる。当たり前ではないかと思うかもしれませんが、けっしてそうではありません。もし右の足をどのあたりに置いて、次に左の足をどこに置いて……、なんて一々考えながら歩いたら、足はもつれてしまいます。そんなことをしないで歩けるのは、脳の中にソフトが完全に入っているからなのです。

運動ができること、運動を調べること

そうしたソフトを、ニュートンはニュートン力学という形で、頭の中から外に出して見せたのです。どうやったかというと、ニュートン自身の頭を使って、脳というコンピュータの中のあるソフトを、横から調べてみたのです。

頭の中のソフトを横から調べると、一体何が起こるのか。縦に書いてあるソフトに、横から妨害が入るのです。いじってはいけないソフトをいじるために、今度は縦に書いてあるソフトがうまく動かなくなる。

そのおかげで、ニュートンは運動選手にはなれなくなった。東大の学生というのは、運動のできないのが多い。なぜかと言えば、自分の縦に書いてあるソフトを横からいじっているからでしょう。

いくら物理学が嫌いでも、大半の人間は物理的運動のソフトウェアを、好きも嫌いもなく、自分の脳の中に持っているのです。たとえば椅子《いす》だって、背もたれの部分を片手で持ち上げてバランスをとれば、グラグラさせずに止めておけます。これは力学の釣り合いの条件を満たしているのです。

みんなこれを簡単なことだと思っていますが、じつは、釣り合いの条件を満たしていることを理屈で教えるのは大変です。しかし、我々は力学を知らずとも実践することはできる。このことからもわかりますが、人間というのは、自分ができることの説明ができないのです。これはある見方をすれば、超能力です。なぜなら、自分でわかっていないのにできてしまうからです。

わかるというのは古典力学がわかるということで、これについては、かなりの人がわかっていないことがわかっています。たとえば東大の入試をしてみればすぐにわかります。古典力学の範囲から試験問題を出せば、きちんと学生の選別ができるからです。できる学生とできない学生、わかってる学生とわかってない学生は、そこで分かれます。

私たちが「人のことがわかる」というのは、実は、ヨコ（横）から見たプログラムの見方であるということなのです。言い換えれば、自分のプログラムをヨコから見てどのくらい読めているか読めていないか、ということです。ただ、読めたらいいことなのかどうか、これは簡単には断言できません。読めたら読めたで、今度は肝心の運動ができなくなるからです。どちらも満足させるというのは、なかなかできないのです。

ヨコ型の西洋、タテ型の日本

頭の中のソフトを読むやり方にもいろいろあります。日本ではどうやっていたのかというと、私はよく宮本武蔵《むさし》だと言います。宮本武蔵というのは生涯に六十何回か戦って、一度も敗れたことがなかった。これはどういうことかというと、コンピュータが二つ競争したと思えばいい。

相手のコンピュータのプログラムを、こちらのコンピュータのプログラムが全部含んでいて、それ以外にプラスアルファがついていた。そうであれば、どうしたってプラスアルファのついているほう、つまり、宮本武蔵が勝つことになる。基本的には同じプログラムでありながら、プログラム自体を大きくするというのが、宮本武蔵のやり方だったのです。

西洋型がソフトをヨコに出すやり方だったとすれば、日本型はそれをタテに出していった、と言えます。これは、ヨコに出せばそれなりのわかり方ができ、タテに出せばそれなりの使い方ができる、ということでもあります。

頭の中で距離をつくると、ものごとはわかりますが、ものの役には立ちません。つまり、本来のプログラムの目的からはズレてしまう。そういう混乱を、我々は自分自身について、常に引き起こしているのだろうと思います。長嶋さんが力学を理解するとおそらくホームランが打てなくなるように、だいたいが役には立たないのです。

私たちは人はかけがえのないもの、と何気なく考えていますが、そもそも人の見方がはっきりしなければ、そう言えるはずもありません。しかし、私たちはその見方さえもよくわかっていないのです。

第二章　人間の構造

動く構造

人をどう理解するか考えるとき、構造や機能という視点をもつと問題がはっきりしてくる面があります。そして、かけがえのない人間というものが少しずつ焦点を結んでくるようにも思います。そして、建築と解剖を比較することで考えてみたいと思います。

建築と解剖というのはある意味ではまったく逆のものです。私は解剖学者で解体屋ですが、反対に建築家はつくる人。しかしよく似ているのは、ともに構造を扱っているということです。たとえば、レオナルド・ダ・ヴィンチは解剖図をたくさん残しています。小さな紙に細かく書きこんでいますが、よく見ると解剖図の脇《わき》に建築の図が書いてある。ここからもわかるように、レオナルドが人体と建築を同じ側面から見ていたのはたぶん間違いないと思います。

たとえば彼は骨の絵をたくさん描いていますが、そのきわだった特徴は、必ず複数の骨を描いていることです。それ以前のヨーロッパでは、骨の絵といえば全身の骨が描かれました。そしてレオナルドのあとになって一個の骨を描く時代が始まります。

つまり両者のちょうど中間にレオナルドがいました。

よく見るとレオナルドは骨を二個描いています。二個の骨の中心に何があるかというと、関節があるのです。レオナルドが描きたかったのは、じつは、機械としての人体、特に動きでした。機械として人間を考えた場合にいちばん特徴的なのが動くということですから、その動く構造にレオナルドは興味があったのだろうと思います。だから彼の骨の絵では、関節が中心に描かれているのです。

機械としての構造

構造の見方について、五つの観点から述べたいと思います。

解剖学者は、人体を構造としてみる職業です。建築の世界もそうかもしれませんが、我々はある特定の見方をもっています。いちばん典型的なのが、レオナルド風の見方。つまり機械として見る見方です。これが「機械論」です。

二〇世紀のはじめのスイスの話ですが、橋をつくっていたマイヤールという人が、解剖の講演を聞きに行きました。そこには大腿骨《だいたいこつ》の縦《たて》切り見本も展示されていました。マイヤールは、その標本を見て「あっ、俺がつくってるものと同じだ」ということに気がついた。大腿骨を割ってみると、中に小さな骨の梁《はり》が特定の走り方できれいに走っています。大腿骨を縦切りにすると、その梁がきれいに見えるのです。

つまり橋をつくっていたマイヤールは、橋の力学と大腿骨の力学というのは、じつはまったく同じであることに気がつきました。彼はチューリヒの工科大学の教授でした。そこで、すぐに片持《かたも》ち梁《ばり》の設計をして、学生に計算を命じました。そして基本的に最小限の材料で最大の強度を出すという点で、じつは骨も橋も同じであることがわかったのです。このような考え方は、一九世紀から二〇世紀を通して、解剖の考え方の一つの基本となりました。

それが発展して、もう少しあとで、人間は、身体の中にある構造を外部に投射している、写し出しているのだという考え方が出てきます。たとえば海底電線というのがありますが、あれは断面図を見ると人間の神経繊維にそっくりなのです。

ピアノと聴覚細胞

さらに、ピアノという楽器を考えてみます。ピアノを一体誰が最初に考えたか、どうしてああいうものをつくることができたのか。それがよくわからなくても、ともかく、脳の聴覚野の神経細胞が、ピアノの鍵《けん》の配列とほとんど同じように並んでいることがわかりました。

聴覚野の神経細胞は周波数依存性で、周波数の低いものから順にずらっと皮質の中に並んでいます。たとえば一〇〇サイクルの音を聞かせると、一〇〇サイクルに応答する神経細胞が反応して、それで音が聞こえたことになります。一〇〇〇サイクルを聞かせると別の位置の細胞、一万サイクルを聞かせるとまた別の位置の神経細胞がそれぞれ反応します。

ここで、三つの細胞の位置関係をよく見ると、一〇〇、一〇〇〇、一万サイクルに応答する細胞が、すべて等距離で並んでいるのです。ちょっとわかりにくいかもしれませんが、じつは距離が周波数の対数《たいすう》をとって並んでいます。これはピアノの鍵盤が並んでいる原理とそっくりです。

このような例は新しいんですが、「我々のつくり出すものというのは、じつは我々の身体を無意識に外に出したものではないか」という考え方はすでに一九世紀の終わりに現れてきました。

機能としての構造

次に二番目の観点です。たとえば「心臓は何をするものですか」と聞くと、「血液を送るポンプです」という返事が返ってきます。これは一見機械として見ているようですが、じつはそうではなくて、働きで見ているのです。なぜなら「心臓は血液を送るものです」と答えると一般の人はだいたい納得するからです。

この働きを重視する傾向は日本では特に強いと思います。京極純一《きょうごくじゅんいち》という政治学の先生が書かれたもので一つだけよく覚えているのが、「この国は実利と効用に尽きる」という文章です。

身体の場合でもそうです。「目玉は何のためにあるか」→「ものを見るためにある」、「鼻は何のためにあるか」→「匂《にお》いを嗅《か》ぐためにある」というふうに言うと、そこで話は打ち切れる。こういう働きを説明する考え方を「機能論」と言います。おそらく普通の人は身体について説明を求めるとき、この機能論を要求しているのです。しかしそれは必ずしも常に成り立つものではありません。

普段気がつかないのが、「機能というのはある枠組みの中でだけ成立するもの」ということです。枠組みが違うとまったく意味がなくなってしまう。

たとえば卵巣《らんそう》と睾丸《こうがん》というのは男と女の典型的な器官です。しかし、取ってしまっても寿命にはいっさい影響はありません。中国の宦官《かんがん》は睾丸を取ってしまった人たちです。医学においては、個人の寿命というのが一番の価値になりますが、そのような医学の見地からすると、睾丸とか卵巣は寿命に関わりがないので、じつはいらない器官なのです。

ある器官の働きを調べるとき、何をするかというと、まずその器官を取ってしまう。その器官を取って、どんなことが起きるかを見るのです。死んでしまうということになると、これは重要な器官だということが確かめられる。内分泌《ないぶんぴ》器官、たとえば脳下垂体《のうかすいたい》は非常に小さな器官ですが、それを取ると死んでしまうので重要な器官です。

機能と枠組み

このように、寿命という枠組みの中では睾丸を取ってしまってかまわないのですが、それによって子供ができないことがわかります。すると、子供をつくるという新しい枠組みを用意しないと、睾丸の機能は理解できないことになります。

このように、働きというのは、何らかの枠組みというものを前提にしているのです。これが機能論の特徴だと私は申し上げたい。

建築でもまったく同じだと思いますが、たとえば「デザインというのは何のためだ」と言われると、答えに困るのではないでしょうか。

ヨーロッパの大学などでは建築費用の数%をアートにかけなければいけない、という法律があるようです。大学を案内してもらうと、必ずモダンなアートが外に置いてあって、場所をとっています。このような作品が何の役に立つかといえば、機能論の立場からはよくわからない。

個体発生による説明

三番目の観点は、「それはどういうふうにしてできてきたか」という構造の説明です。生物学では個体発生と言っています。私たちは人間の格好をしていますが、ずっと遡《さかのぼ》ると、ただ一個の球になってしまう。つまり受精卵という球になる。その直径〇・二ミリぐらいの小さな球が一メートル数十センチの大きさに育って、そしてだいたい人間の格好をとる。これが個体発生です。

建築の分野でも、同じように個体発生的に説明することがあるはずです。たとえば家をつくるときに、こんな工夫をした、あるいはこんな手順でやったというような説明です。ピラミッドやギリシャ神殿はどうやって築いたのか、現代の我々が見ても不思議だなと思うわけですが、その築き方をきちんと説明されると、なるほどと思います。そういう構造のでき方からいくタイプの説明があります。

歴史的な説明

四番目は、歴史的な説明です。これは、たとえば「家の形というのはこれこれこういうふうに時代とともに変わってきた」という説明です。一方、個体発生的な説明は、たとえばそっくりなプレハブ住宅でも、こっちの家とあっちの家は違うということです。

かつて車の生産でよく言われたのですが、アメリカの車は、金曜日につくった車と月曜日につくった車の出来が悪いという。これは個体発生の問題です。一方で、車のエンジンが車の前についているのはどうしてかという議論があって、それは車が馬車の代わりだったからだという説明があります。馬車の場合には必ず馬が前にいるので、車になってもエンジンは前につけたという考え方。これは歴史的な説明です。解剖学者が人体を見るときには、だいたい以上四種類の説明を用意します。これはそれぞれ独立に成り立つので、それぞれ別々に説明ができます。

情報による構造の説明

五番目に「情報」という観点が入ってきます。構造を情報という観点で見るとどういうことになるか。

さきほど個体発生、つまり〇・二ミリほどの球体が人間の身体になると述べました。どうしてそうなれるのか——。卵の中にはゲノムと呼ばれる遺伝子の一揃《ひとそろ》いがあって、それだけ情報が揃えば人間ができるようになっているのです。もちろん犬のゲノムなら犬ができる。

その遺伝子というのが何に相当するかといえば、平たくいえば設計図です。あるいはプログラム。そういう設計図に従って展開されるのが、個体としての発生や成長です。個体発生というのはゲノムの形で設計図が入っているので、それが展開する。そして私たちができてくる。ゲノムはまさに遺伝情報なのです。

一方、どんな生物種でもいいのですが、そうした発生を何度も何度も繰り返していくと、設計図がだんだんズレてきます。このズレによって起こるのが進化というものです。進化や系統発生については、きちんと決まったプログラムはない、とされています。この代わりに、自然選択が支配しているということです。これは、単純に言えば、うまくいくものが残って、うまくいかないものが滅びるという考え方です。

このように、情報の視点から生物を見直すと、まずは遺伝情報という生物が持つ情報系統が出てくる。これはかなり固定したものです。

脳という情報系統

生物の持っているもう一つの情報系統は脳です。神経細胞の生理学でノーベル賞をもらったエックルスというオーストラリア人が、晩年になってから、「脳と心は違う」と言いました。「心は胎児の間に神様が植えつける」と言ったので、日本の科学者は、エックルスは気が狂ったかと思いました。しかし必ずしもそうではなくて、いろいろな理由があります。

話を聞くというのは脳の働きです。私が話すのも脳の働きです。頭の上横にドリルで小さな穴を開けて麻酔薬を入れると、私はすぐにだまります。そのような単純な実験をするとわかりますが、我々の意識というのは、基本的には脳の機能、働きによっています。

人間がものをつくるということは、脳によってつくるということです。たとえば、建物をつくるには、まず建築家が設計図をひいて、それをもとに建設工事が行われます。では、この建物は、もともとはどこにあったのでしょうか。こう考えれば、そもそもの始まりは建築家という人間の頭の中にあったことがわかります。そうすると、この建物ないしは空間というのは、じつは設計した人の脳の中だ、という比喩《ひゆ》をしてもいいわけです。

このような空間を私は人工空間と呼んでいます。人工空間と呼ぶのは人間がつくったからです。もともとは脳の中にあったものなのです。そうすると、人工空間の中に人間が住むようになるということは、すなわち「人間が脳の中に住むようになる」ということなのです。

都市は典型的な人工空間です。平城京にしても平安京にしてもあるいは江戸や札幌にしてもそうです。名古屋あたりもかなりそうだと思いますが、みんな人間が設計しているのです。東京だって、そもそもの始まりは間違いなく人工空間です。誰もいない場所に城をつくるために山を削り、お堀を掘って、余った土で海を埋め立てる。そこにできた更地《さらち》に碁盤の目をひいたのが下町でした。江戸時代に利根川《とねがわ》の流れを変えて銚子《ちょうし》のほうに持っていきました。ものを運ぶために川もコントロールしました。そうやって人が環境を変えていってつくり出しているのが人工空間です。建物は典型的にそうですが、その建物の集合である都市も人工空間です。

目が構造をつくりだす

解剖というのは生物の構造を扱うので、ものを時間的に止めてしまいます。解剖というのは死んだ人でないとできません。動いているものはじつは構造がよくわからないのです。すべてを止めて見るという観点が、じつは構造なのです。

このような構造的な観点はいったいどこからくるのか、脳の視点から説明したいと思います。結論から言うと、私はたぶん目からくると思っています。目というと、普通は目玉のことだと思われますが、目というのは本当は脳の出店《でみせ》なのです。目は発生のときに目が出てくるところを見ると、脳がふくれ出して網膜《もうまく》ができます。目玉の奥にある網膜と脳が視神経《ししんけい》でつながっています。その視神経というのは普通の神経ではなく、解剖学的には脳の一部なのです。

我々がものを見るというのは、目玉で見ているのではなく、脳を含めた視覚系で見ているということです。構造という観念が発生するのは、脳でいえば視覚系の働きです。視覚系が構造をとらえるわけで、建築家も脳のこの部分を使って設計図を引いているのです。

脊椎《せきつい》動物、魚から人間に至る系列をずっと観察していると、古いものほど脳が小さい。新しい動物ほど脳が大きい。それを比較解剖学では単純化して脳化＝エンセファリゼーションと呼んでいます。それを応用すると、人間の社会もどんどん脳化してきたことがわかります。

自然のものと人工のもの

脳化の行きつく先が何かといえば、それが都市です。私たちは建築家の脳の中に住んでいる。あるいはさまざまな人が設計したシステムの中に住み着いています。人間が設計しなかったもの、それが自然の定義です。人間の身体というのはゲノムがつくったもので、ゲノム自体も人間が設計したものではありません。

なぜ服を着るかと質問すると、だいたいの人は機能論をとって「寒いから着る」と答えます。それなら、暑いときは裸でいいのかという話になる。これはそうはいかなくて、暑いときは暑いときなりのきちんとした服装をしなければなりません。なぜかというと、人工空間の中に人間という自然物を置くときには、それは人工物ですよというみなしをかけるからです。それによって、あたかも身体が取り替え可能なもののように感じられてきます。時と場所にふさわしい格好をして来いということがそれで成り立つのです。

私たちの社会が近年までずっとやってきたのは、非常に強く脳化していく方向でした。つまり何から何まで意識できるもので埋めつくそうという方向です。脳で言えば、それは大脳新皮質と言われる部分の働きです。

意識と無意識

ところが感情とか美しさとかいったものは、新皮質だけの働きではありません。どこかと言うと、旧皮質あるいは古い皮質と呼ばれる部分で、動物もある程度は同じようにもっている部分です。この部分は必ずしも意識的ではありません。誰でもそうだと思いますが、感情というのはしばしばコントロールできません。コントロールするのは新皮質ですが、怒ったり笑ったりするのは古い脳の機能だからです。

景観とか都市の話題になると、よく人工と自然の調和ということが言われます。私は、脳がつくったものは人工だと申し上げてきました。理屈を言う人は、脳も自然ではないかと言われます。それはその通りで、これはイタチごっこ。

また、生物のもっている情報源は遺伝子と脳だと述べましたが、そもそも脳をつくるのは遺伝子ではないか、とおっしゃる生物学者がいます。その通りです。しかし遺伝子というものを考えて分析して、こういうものですよと説明したのが脳ですから、これは二匹の蛇がお互いに尻尾《しっぽ》を食い合っているような感じです。どっちが先ということはありません。

そういうふうに、我々自身には、脳も含めて知っている部分と知らない部分がある。意識は何をしているのかといえば、自分の脳が何をしているかということを知っている。その知っている部分を脳、知らない部分というのを自然、と私は呼んだのです。これは意識と無意識と言い換えたほうがわかりやすいと思います。

心と身体の折り合い

私流の言い方をすると、我々が住むのにいちばん楽な環境、安心できる環境というのは、私たち個人個人がそれぞれもっている心と身体です。この場合、心は意識的なもの、身体は自然がつくったもの。両者の釣り合いが我々の中にあるはずで、その釣り合いが狂うと居心地が悪くなります。

つまり脳のほうに行きすぎても、私はそれを脳化社会というふうに表現しましたが、どうも居心地が悪い。しかし完全に自然状態に戻せば、不気味な世界になってしまいます。

我々個人が持っている自然と人工、あるいは心と身体の釣り合いのようなものがあると思います。具体的な数字を出すことはできませんが、両者がうまく均衡する状態に落ち着いたとき、いちばん安心できるのではないかと思います。かけがえのない人間というのは、そういう存在だということです。

第三章　かけがえのない未来

未来を食う社会

現代の子どもはさまざまな面で割を食っていると思います。それは時間の問題からもわかります。それが、かけがえのない未来という話につながっていると私は思います。

まず我々は時間というのを、「過ぎてしまった過去」と「まだ来ない未来」そして「ただいま現在」というふうに三つに分けています。そして、未来という一つの方向へ向かって時が進んでいくような、そんなイメージを持っているのではないかと思います。

しかし、よくよく考えてみると、この現在が非常におかしいのです。なぜかといえば、こんなふうに決めると、現在は一瞬でしかないので、あっという間に過去になってしまうからです。すぐに過ぎ去ってしまうので、理屈としては「現在など存在しない」ということになります。ところが実感としては、誰だって「いま現在」と言えるし感じることができる。ではいったい、普通に現在とか今とか言っているのは何なのか。

　それは、じつは手帳に書いた予定のことだと私は思います。普通の人はそう思っていなくて、手帳に書いた予定はこれから来るのだから未来のことだと思っています。しかし、本当にそれは未来だろうか――。私が三月一日にどこそこに行くという約束をしていると、たとえばその一月前に、友達がインドネシアのスマトラ島に虫採りに行こうよと誘ってくれても、三月一日の約束があるのでその楽しい誘いにのれません。このように、一月後の約束があると、その日にいい話が来ても、それについていくわけにいかない。予定がすでに決まっているからです。こういうのは、はっきり言えばもうすでに現在なのです。

　我々の日常の生活、特に勤め人であれば、あしたも勤めに行かなければならない。あさっても行かねばならない。そういうことがきちんと決まっているということは、それはもう現在なのです。だから私は手帳に書かれているのが現在ですよ、とお話しするのです。

　こういうふうに見れば、「現在」というのは、当然起こるべき未来、すなわち予定された未来、決めてしまった未来のことなのです。都会ではなんでも予定化しようとする傾向があります。だから、現在がどんどん大きくなって未来を食っていく。逆に言えば未来がどんどん削られていく。そういう構図になっているのが都市化された社会なのです。

時間泥棒

このことに気がついたのが、ミハエル・エンデという小説家でした。『ネバーエンディング・ストーリー』という映画の原作者です。詩人でもあるエンデはドイツ人で、奥さんが日本人です。『モモ』という題名の小説を書いています。

この『モモ』では、ある古いまちにちょっと変わった少女がやってきて、突然住み着きます。そして、まちの人といろいろな話をする。どこから来たの、いくつなの、と聞くと、小さな女の子が「私は一〇〇歳なの」とか答えます。そして、その子と話していると、みんなが何となく幸せになる。ほんのり幸せになってくるのです。そうやって、何か知らないけれども、住み着いているモモがいる。

ところが、なぜかわからないが、だんだんまちの人が不幸せになってきます。その理由はどうやら、灰色の服を着て、灰色の帽子をかぶって、黒いかばんを持った男たちが密《ひそ》かに忙しそうに働いていることと関係がありそうなのです。それがじつは、

『モモ』の中では「時間泥棒」と呼ばれている。

時間泥棒は何をするか――。まちの人のところへ行って、あなたは毎日の生活で何をしていますか、と聞きます。たとえば、恋人がいて、週に二回会うことになっていて、歌が好きですから一時間歌を歌っています、とか答えるのです。そうすると時間泥棒は「一時間は長いから三〇分にしなさい」と言う。

また、年とったお母さんがいて、週に一回会うことになっていて、会いに行くと一緒に食事をして二時間ぐらい一緒にいますと答えると、「二時間は長いから一時間にしなさい」と。そして時間泥棒は、「そうやって節約した時間をうちの銀行に預けなさい。そうしたら、預かった分だけ利子をつけてお返しする。だからこの契約書にサインしなさい」と言うのです。

不幸な契約

床屋さんも魚屋さんも、その契約にサインをしてしまう。サインすると、本人はそういう契約をしたことを忘れてしまうという話になっている。忘れてしまうのですが、とにかく一時間使った時間を三〇分にする。年寄りのお母さんに使った二時間を一時間にするという形で、時間をどんどん節約していきます。そうすると、何だか知らないけれど、まちの人がどんどんどんどん不幸になっていく。それに気がついたモモが時間泥棒と闘うという話なのです。

『モモ』を読んだのは大学生のころでした。いったいこれは何を言おうとしているのか、そのころはわかりませんでした。しかし今になれば本当によくわかります。エンデが言いたかったことが何なのか。もし時間泥棒に会いたかったら、朝九時ごろの出勤時間に東京駅の丸の内側に立っていればよくわかるはずです。まさにエンデの物語どおりに、灰色の服を着て、灰色の帽子をかぶって、黒いかばんを持った人が続々と現れてきます。そしてすべてを予定して、こうすればああなる、ああすればこうなる、といって物事を進めていくのです。

この、ああすればこうなる、こうすればああなるといって物事を進めていくことを、長い間私たちは「進歩」と呼んできました。それはそれで結構なのですが、じつは人間の一生というのはそれだけではありません。そもそも人の一生がああすればこうなると決まっているでしょうか。

子どもの財産

子どもが生まれてくると改めてわかることがあります。子どもは何かの目的を持って生まれてきたわけではないのです。自分の一生もそうで、何らかの目的のために生きてきたわけではない。我々は働きアリでも働きバチでもない。一人ひとりの一生は何だかわからない、理由などよくわからない一生です。子どもだって将来どうなるかわかるはずがありません。そういう当たり前のことが、都市の中に暮らしているとわからなくなる。そして、すべてを現在化してしまうのです。

私が言いたいのは、すべてが予定の中に組み込まれていったときに、いったい誰が割を食うのかということです。それはもう間違いなく子どもなのです。なぜなら、子どもというのは何にも持っていないからです。知識もない、経験もない、お金もない、力もない、体力もない。何もない。それでは子どもが持っている財産とは何か。それこそが、一切何も決まっていない未来、漠然とした未来なのです。

その子にとって未来がよくなるか悪くなるか、それはわかりません。ともかく彼らが持っているのは、何も決まっていないという、まさにそのことなのです。私はそれを「かけがえのない未来」と呼びます。だから、予定を決めれば決めるほど、子どもの財産である未来は確実に減ってしまうのです。私たちは、先のことを決めなければ一切動かないという困った癖がついてしまいました。

手入れという思想

都市化する以前の日本、たとえば私が育ったときの鎌倉はどうだったでしょうか。里山《さとやま》や田んぼは、今とはちょっと違っていました。日本の田んぼというのは非常に美しいものですが、それはお百姓さんが日々手入れをしているからです。「手入れ」というのは非常に重要な考え方ですが、今では、ほとんどの人が警察の手入れだと思っています。「手入れ」はほとんど死語になってしまったと私は思っていますが、これは非常におもしろい言葉です。

女の人は、毎日毎日、一時間か二時間、鏡に向かって必ず顔の手入れをしています。この目的は何かというと、おそらくはっきりしないと思うのです。

じつは田んぼも同じだと私は思います。お百姓さんにとって、いい稲をつくるのはもちろん大きな目的です。雑草が生えたら抜いて、畦《あぜ》が壊れたら修理して……とさまざまな仕事をやっています。

では、それらすべてを稲を実らせる目的でやっているかというと、私はそうではないと思う。当面そうしないと気が済まない、何か落ち着かないからやっている。そんなふうに細かく手入れしていくと、最終的には外国人がびっくりするような、きれいな景色ができてくる。お百姓さんたちは何も美しい景色をつくろうと思って手入れをしているのではないと思います。

植木屋さんもそうです。何かカチャカチャ切っていますが、あれはめちゃくちゃに切っているわけではない。切っては眺め、眺めては切っています。だからといって、あるはっきりした目的があるわけでもない。要するに何かきちんと手入れしていると、いつの間にかできてくるものがある。それが手入れの感覚です。

手入れのコツ

このことはそのまま子育てについても言えることだと思います。子どもを育てるというのは、こういう感覚ではないかと思います。自然に手入れをしていく。我々の体は自分がつくったものではないから「自然」です。一方で思うようにつくり直したい欲求もあって、最近は整形がはやる。しかし、この顔自体つくり直してしまうというのは、手入れの感覚とは決定的に違う。手入れというのは、もともとあったものを認めておいて、それに何か人間の手を加えていくということです。私は子育てがまさに典型的な例だと思います。

その子どもの扱い方がわからなくなってきたのは、日常生活の中にこの手入れの感覚がなくなってきたからではないか。それが里山にも出ているし、自然にも出ているわけで、日本全体の傾向です。その傾向が、乱暴に言えば都市化と結びついているのです。都市化とは何かといえば、それは何でもかんでも頭で考えて物事を思うようにしようとすることです。顔の整形手術とどこが違うのでしょうか。

無意味な質問

子どものころ、よくバケツにいっぱいカニをとって遊んでいました。「おまえそれをどうするの」と言われても、別にどうするわけでもない。とったらあとは放すしかない。しかし、そういう無目的な行為というものを、人間特に子どもはするのです。そのことが、じつはある意味で生きているということなのです。

私の家は鎌倉の警察のわきで、横丁でした。後に母から聞いたのですが、私が幼稚園から帰ってきて、横丁でしゃがんでいる。母は「何しているの」と聞く。「犬のフンがある」「犬のフンがあって、どうしたの」「虫が集まっている。虫が来ている」。そして母が聞くわけです。「こんな虫のどこがおもしろいの」。

どこがおもしろいのと言われても、本人がおもしろいのだから仕方ない。こんなふうにして人間というのはいろいろな事や物を覚えるのです。好き嫌いというのは人によって違うもので、これはどうしようもない。大人というのは、子どもが好きなことをやっているときに、それが何のためかという無意味な質問を繰り返す動物です。私はそれを子どものころから知っていました。

生老病死《しょうろうびょうし》をなぜ嫌う

何のためにということをはっきりわかっている人が、たとえば商売をやれば成功するだろうと思います。しかし、商売でいくら成功しても、それだけです。これから先はお坊さんかカトリックの神父さんの領分で、本来私がする話ではないのですが、お話ししたいのは、生老病死ということです。仏教では四苦八苦《しくはっく》の四苦と言いますが、これは誰にでも同じようにあるものです。いくら一生懸命考えても、「生」まれて、「老」いて、「病」んで、「死」ぬことには変わりない。

この生老病死をなぜかみな嫌がります。できれば考えたくない。そこでどうするかというと、たとえば人間が生まれるのも特別なことだから、病院へ行ってくれというのです。そうして、お産は現在ほとんど病院で行われている。

四人目の子どもを産んだという保健婦さんに大阪で会ったことがあります。この人は、珍しく家で産んだそうです。家で産むには産婆《さんば》さんを頼まなければいけない。二万人取り上げたという八十いくつの産婆さんだったそうです。そのお婆さんが、お産が済んだ後で、胎盤を押しいただいている。何をしているかと思ったら、においでいた。「奥さん、この胎盤、いいにおいですよ、食べられますよ」と言うので、その保健婦さんは食べたそうです。産婆さんによると、近ごろの胎盤はにおいが悪くて食べられないのが多いそうです。

この話を聞いて私は「ろくなものを食べてないからでしょう」と申し上げました。都会の食べ物がいかにまずいかは、自然にあふれた田舎に行くとわかります。ベトナムに行った時おやつにキュウリを食べましたが、塩をつけてかじると本当においしかった。その時日本のキュウリは水くさくてまずいと思いました。

アメリカも日本も同じ

家でのお産は現在では例外です。ともかく、生老病死の最初の「生」、つまり生まれるところはみんな病院に入れてしまう。二番目の「老」についても、老人はできるだけ老人収容施設に入れてしまう。これは日本だけの傾向ではなく、都会化した社会や国はみんなそうなのです。

私が読んだアメリカの小説の話ですが、息子夫婦が来てくれるというので、お母さんが四時起きして、朝御飯をつくる。お母さんはひとり暮らしをしているのですが、息子夫婦が来るというので喜んで食事の準備をします。さて、息子夫婦が来て朝食が済むのですが、息子がおもむろに立派な老人ホームのパンフレットを取り出す。これでお母さんがかんかんに怒って飛び出してしまいます。そんなところから始まる小説がありました。要するに他人事《ひとごと》ではないのです。こういう話は日本もアメリカも変わりない。そして病気になると、これも特別だから入院しなさいということになります。

三番目の「病」のことです。

生老病死の最後の死ぬところですが、これも都会ではもう九〇%、いや九九%の人が病院で亡くなります。私の母は、九五年の三月、自宅で死にましたが、いつの間にか死んでいました。しかし大半の人々は病院で死にます。このように死ぬ場所が病院に移ったのはここ二五年の傾向で、急速にそうなりました。以前は半分以上が自宅で亡くなっていました。

では、自宅で亡くなることと、病院で亡くなることの違いは何か――。これは、我々が普通に暮らしている日常の中に、死がなくなってしまったということなのです。だから、死が特別なことになった。そして特別なことは特別な場所で起こることになったのです。

そんな現代は、よくよく考えてみると、大変な異常事態なのです。生老病死というのは、人の本来の姿です。こっちが先で、何千年何万年も続いてきた間違いのないことなのです。都市よりも文明よりも何よりも先に生老病死があった。だから私はこれを「自然」と呼ぶのです。人の一生は好きも嫌いもなく時間経過とともに常に変化していく。それが自然の姿なのだと私は思う。なのにいまは自然つまり本来の姿であるほうが異常になってしまった。

不安の違い

かけがえのない未来を大切にしていない典型的な例をあげてみます。私は九五年の三月に東大をやめました。正式には九四年の九月の教授会でやめることが決まりました。教授会のあと同僚の病院の先生が来られて、「先生、四月からどうなさいますか」と話されるのです。「三月でおやめになるそうですね」「やめます」「四月からどうされるのですか」。これは、勤めはどうするのですかという質問です。

私は「私は学生のときから東大の医学部しか行ったことがないので、やめたら自分がどんな気分になるかわかりません」と申し上げました。「やめてから先のことはやめてから考えます」と。

するといきなり「そんなことで、よく不安になりませんな」と言うのです。思わず「先生も何かの病気でいつかお亡くなりになるはずですが、いつ何の病気でお亡くなりになるか教えてください」と言い返してしまいました。「そんなこと、わかるわけないでしょう」と言うから、「それでよく不安になりませんな」と申し上げました。

ここではっきりわかることがあります。特に東大のお医者さんです。大学病院ではしょっちゅう患者さんが亡くなるので、人が死ぬということが、自分の仕事の中にきちっと入っています。ところがそういうお医者さんが、自分が死ぬということに現実感を持っていない。自分が病気になって死ぬことよりは、勤めをやめたりやめなかったりする、そのことのほうがよほど重要なことだと思っているのです。この会話は、そういうことを教えている。

人が生まれて、年とって、病気になって死ぬということを、今の人々は現実だと思っていない。特殊なことだと思っているのです。さまざまな問題が起こりますが、よく考えると、みんなこのことに関係しているのです。社会問題、医療の問題など、たいていこれに引っかかっています。考え方がずれてしまっているのです。

生老病死に実感がなければ問題の解決は難しい。しかし逆さに考えてみれば、問題などまったくない。いつまでたっても人は生まれて、年とって、病気になって死ぬのです。それが自然のなりゆきというものです。

覚悟と死語

だから、いまでは死語となった昔の言葉を考えるのはおもしろいのです。最近の人は「覚悟」などという言葉は絶対に使いませんが、いったい覚悟とは何だったのか――。死と覚悟はよく結びつくのですが、覚悟というのは先行き不透明と関係する。この先どうなるかわからないとき、それでも何かをしなければならないとき、昔の人は覚悟と言ったのだと思います。この先どうなるかわからない典型が死です。死んだ後どうなるかわかりませんから、そういう状況で何かをするときの気持ちを「覚悟」と呼んだのだと思います。

覚悟がなぜ死語になっているかというと、政府が危機管理委員会などというものをつくるくらいだからです。私も参加させられましたが、危機管理というのは、何か起こったときに、それをきちんとうまくやろうということ。しかし、どうしていいかわからないから危機なのであって、そもそも計算などできるわけがありません。けれども今の人は計算ずくにしないと気が済まない。危機管理マニュアルをつくっておかないと怒られるからです。何か起こってから「なぜマニュアルをつくっておかなかったのか」と責められる。

ところがいくら予定したって、死ぬときだけはそういきません。ですから、長い先の予定、たとえば来年の八月にこういう会があるから出てくれませんか、と依頼されることがあったら、私は「生きていたら伺います」と答えるのです。相手は笑っていますが、笑っているということは、つまりたいていの人はまだそのころ私は生きていると思っているわけです。

みずから選びとる人生

私みたいに死んだ人を三〇年いじっていると、ああ、俺もいつかこうなるなと思う。昔のお坊さんは大変興味深いことを言っています。一休さんは杖《つえ》の先に頭蓋骨《ずがいこつ》をのせて「正月や冥途《めいど》の旅の一里塚、めでたくもありめでたくもなし」と言って歩きました。別に意地悪を言っているのではない。お金とか名誉とか、いろいろなことを人間は追いかける。ああすればこうなる、こうすればああなるといって、商売でも何でも苦労していますが、それはそれでよろしい。だけど、いずれあなたもこうなる。たまには、そのことをよく考えなさいというのが、一休さんの言葉です。

ヨーロッパの教会へ行くと、嫌というほどこれとよく似た物があります。息子をカトリックの古い教会へ連れて行ったら、気持ちが悪い、東大の標本室より気味悪いと言っていました。ローマに通称骸骨寺《がいこつでら》と呼ばれるカプチン派（フランシスコ会）の教会があります。ヴェネト通りという、ローマの高級目抜き通り、東京でいう銀座ですが、そこにある小さな教会です。そのカプチン派の神父さんというのは、変な格好をしているからすぐわかります。サンダルをはいて、縄をベルトがわりにしている。

そこの教会は、修道士たちの骨で壁を飾っている。天井のシャンデリアから何から、装飾は全部修道士の骨です。日本人が見ると仰天しますが、これは要するに「メメント・モリ＝死を忘れるな」ということだと思います。イタリアでは大体そういう意味で使われていますが、それを日本語で言えば「諸行無常」なのです。日本も外国もまったく変わりがないと私は見ています。

私たちは生老病死をまぬがれることはできません。そのことを自覚することが大切だと思います。人生においては、常に多数の選択肢の中から一つだけを選びながら生きていかなければなりません。それは大変なことです。先行きはけっして透明ではありません。しかし、みずからが選ぶからこそ、かけがえのない人生であり、かけがえのない未来と呼べるのです。

第四章　わけられない自然

言葉が自然を切り分ける

「言葉」がもっている特徴の一つは、自然を切り分けるということです。私は解剖学の研究をしてきましたが、解剖学では人間をバラバラに切り、それに胃とか腸とか名前をつけます。腸には大腸、小腸、直腸などがありますが、実際には切れ目のない一本の管《くだ》です。どうしてそれを切るのかというと、まさに名前をつけるからなのです。

私たちは言葉の世界に生きているので、このように名前をつけると、物がきれいに切れて、独立して見える。目の前にある自然の消化器官は連続しているのに、大腸とか小腸とかの名前をもった部分が、はっきりとした区分をもって見えるようになるのです。地図上の国境だって地面に実際に線が描いてあるわけではありません。あれと同じような話です。

たとえば「男と女」という分け方があります。男と女というのは本来は自然な区分です。つまり両者はもともと違うわけですが、なぜか現代では「男と女は違う」と言うと問題視されます。アメリカでは、「男女の脳がどう違うか」というような研究をしようとすると、「このようなテーマを取り上げるのは、何か政治的な意味があるのではないか」と疑われます。そんなところにも、男と女という自然と、脳が作り上げた社会の食い違いが見えてきます。

男とか女という言葉を使うと、ものごとが切れて見えます。しかし、男と女だって完全に切れているわけではありません。それを切れてしまうように思うのは、私たちが「言葉」を使うためなのです。言葉なしに物事を理解するのは不可能ですが、言葉にはこうした落とし穴があることを知っておく必要があります。

男と女

男と女の違いを決めているのは自然です。ほとんどの人は、男と女の間が、明白な違いによって区分できると考えていますが、そもそも自然の出来事というのはきれいに切り分けることができません。

男女の違いが最初に決まるのは染色体《せんしょくたい》です。女はXX、男はXYという性染色体を持っています。これはどのように決まるかというと、両親のそれぞれから一個ずつもらうので、Y染色体を持った精子が受精すれば男、X染色体を持った精子が受精すれば女になるのです。X染色体精子とY染色体精子はたとえば重さがわずかに違うので、器械によって分けることができる。だから男女の産み分けも可能なのです。では、染色体のレベルで男女の区別がきっちり決まってしまうかというと、そうではありません。たとえば、妊娠七週までの胎児は、顕微鏡で見ても男女の区別はつきません。染色体以外にまったく違いが見えないのです。

ところが七週を過ぎると、卵巣《らんそう》か精巣《せいそう》になる部分の区別ができるようになります。精巣というのは睾丸《こうがん》のことですが、精巣と卵巣はもともと同じもの。理由はわかりませんが、睾丸のほうは、発生のある時期にだんだん下がって外に出てきます。

どんな動物でも出てくるかというと、そうではありません。たとえばクジラやゾウには外から見えるタマはない。雌の卵巣と同じ位置に収まっています。睾丸が完全に下がっているのはヒトとシカ。途中まで下がっているネズミのような動物もいます。このように、卵巣と精巣はもともと同じ器官で、これをまとめて性腺《せいせん》と呼んでいます。そこにY染色体からの何かが働くと精巣、働かないと卵巣ができるのです。

精巣ができた場合はこれが男性ホルモンをつくり、このほかにも抗ミュラー管ホルモンをつくります。ミュラー管というのは子宮と卵管の元になる管で、七週までは男にも女にもできます。しかし、精巣ができるとこのホルモンが出て、ミュラー管を殺してしまう。だから、男には子宮と卵管《しきゆう》ができない。さらに男性ホルモンが出るので、一般に男と女の違いとして知られている外部生殖器ができます。

年頃になると、さまざまな二次性徴が出てきます。男の子は声変わりし、女の子はおっぱいが出てきたり、いろいろな変化があります。さらに脳が性差を決める。これがちょっと違うふうになると、相手が男でなくてはいやだという男も出てきたり、女でなくてはいやだという女も出てきます。

男とも女ともいえない性

このように、男女が分かれるには少なくとも四つの段階があります。染色体、性腺、二次性徴、脳。そして、それぞれの段階で、男女どちらともいえないケースが出てきてしまう。たとえばターナー症候群というのはX染色体を一つしか持っていないケースで、外見上は女性になります。

XXYの染色体を持っているのはクラインフェルター症候群で、外見は男性です。XYYというケースもある。睾丸性女性化症というケースでは、いったん精巣ができて男性ホルモンが出る。ところが、たとえばホルモン受容体になにか異常があってホルモンが働かず、そのために外見上は女性になります。しかし卵巣の位置に精巣がある。卵巣がないので原発性無月経となり、そのうち何割かの人は卵管と子宮がありません。

人間というのは、本来の遺伝子が働けば自然に女性になってしまいます。したがって男でも去勢《きょせい》すれば女性化する。昔の中国の宦官《かんがん》のように、去勢すると髭《ひげ》が生えなくなり、何となく脂肪がついて、女性的な体型に変わっていきます。哺乳《ほにゅう》類は一般にそうです。生物学的に言えば、男性化というのは、Y染色体によって無理に男性のほうに引っ張ることなのです。いわば自然は無理をして男を作っているのです。

性決定機構は動物によってかなり違いますが、放っておくと女性になるのが哺乳類です。哺乳類の子どもは母親の胎盤で育つ。胎児の育っている環境は言ってみれば女性ホルモン漬けです。したがって、もしホルモンで性を決定するような仕組みだったら、みんな雌になってしまいます。それでは困るから、染色体でいわば無理をして雄を作るようにしているのです。

それでも、男か女かわからないものが自然にできてしまうということなのです。四つの段階で男女いずれかの決定をしているのに、各段階で決定しそこなう人が出てくる。このように、よくよく見ると、男と女の区別というのは簡単には決められないのです。それが自然というものです。

社会的な性、社会的な死

それなのに、私たちは区別できるからということで男と女を決めてしまっています。なぜ決めるかといえば、私たちが社会をつくるからです。社会的に決定された性を英語では「ジェンダー」と言い、自然に決定された性を「セックス」と言います。しかし、自然であるセックスはじつは切れないから、社会であるジェンダーのほうで切って、たとえばお前は男だよ女だよということになるのです。

私が女性尊重、つまりフェミニズムについて疑問を持つとすれば、フェミニズムの原理が根本的に現代社会、すなわち都市に依存した考え方の上に立脚しているからです。自然のほうから見ると、そもそもフェミニズムの意味は成り立ちません。つまり、自分が男か女かわからないという人が出てきてしまうからです。そうすると、それはジェンダー、社会的な性の問題ということになります。

社会的な性は、生や死と同じで約束事です。たとえば死は、三兆候――①自発呼吸停止 ②瞳孔《どうこう》の散大 ③心臓停止――で死と判断するから死んだということになります。それは約束事にすぎません。科学的に正しいと思っている人がいるようですが、そのようなことはまったくない。現代の「死」というのは、あくまでも勝手に便宜《べんぎ》的に決めたことであって、そこに生物学的根拠などはないのです。

日本で脳死がなかなか認められなかったのは、死は約束事でしかないということがよくわかっていないからです。しかし、その約束事は、一つの面だけで決めているのではなく、文化全体の中でおのずからあるべきところに納まっているので、簡単には決められないのです。

生と死も簡単には切れませんが、それを切っているのが文化というものです。男と女の違いも自然の中では切れないのに、社会の中では、ほとんど考えなしに違うものだとされています。

考えない前提

このように私たちの社会はさまざまな「考えない前提」を置いてきました。その前提の中で典型的なものが前に述べたように言葉です。その言葉の世界をいちばんよく代表するのが法律です。

法律は言葉で書いてあります。法律の言葉というのは、通常の日本語つまり自然言語とは全く別の人工の言葉です。どれだけ違うかというと、コンピュータで処理できるくらい単純な言葉だということです。裁判の判例はコンピュータ化されつつあるそうですが、その一方で、自然言語をコンピュータで処理しようという研究は、いまなお最難関の未解決技術のままです。要するに、法律用語というのは簡潔明瞭《めいりょう》な特殊な記号体系みたいなもので、手紙や文学や小説などが書ける言葉ではありません。

このような法律の世界では、生と死があれば死亡時刻があるはずだということになります。だから医者は死亡時刻を書かなければなりません。しかし、私のような「自然は連続していて切れ目はない」という考えをとると、死亡時刻など書けなくなります。このあたりからこのあたりまでの間、としか言えません。極端な言い方をすれば、「完全に分子に還《かえ》って人間の姿がなくなるまで死んでいない」と言ってもかまわないのです。

そんなのはおかしい、と言われるかもしれませんが、それは人々が言葉の世界に住んでいて、生と死を切ってしまっているからです。社会というのは基本的にはそういうものです。特に現代人は、言葉の世界、つまり、典型的な脳の働きの中だけに住んでいるからです。脳の中でいちばん上位にあるのが意識で、意識の働きの典型が言葉です。だから、「意識がある」ということと「言葉を使う」ということは、日常生活ではほとんど同義語に使われているのです。

男性社会の起源

人間は非常に古い時代から、徹底した意識の世界をつくり出してきました。それが四角に囲まれた世界、すなわち都市です。この中に置かれるものは人間が意識してつくったものでなければならない。自然があると計算ができないからダメということです。

人間にとって、自然というのは美しいだけでなく、恐ろしいもの、不気味なもの、醜《みにく》いものでもあります。自然はそのようなものも含んでおり、人間の意思ではどうにもできないものです。だから人間の意識は、自然はいやだと排除してしまう。都市に住んでいると意識から自然の災難が抜けてしまう。そして何か災難が起こると不祥事《ふしょうじ》だと言って関係者をつるし上げるのです。

日本は輸出入に頼って暮らしています。輸出入に頼って暮らすというのは何かというと、それこそが都市のやり方です。現代は、日本全体が都市になりました。世界中とんどない。

バリ島とかに行ってそのまま住み着いて帰ってこない若い女の子がいますが、あれは田舎に帰っている感覚ではないかという気がします。今では日本が全部都市になってしまって、帰る田舎がないから、あのようなところへ行くのでしょう。私もブータンやベトナムに行くとほっとします。昔の日本の田舎そのものだからです。ブータンの自給自足の農村に行くと、財産は女性が相続します。男は何をするかというと、ただ出たり入ったりするだけです。

田舎が世界に移り、日本全体が都市になってしまいました。こういう環境になると、明らかに女の人のほうが損をします。都市ができると「女・子ども」という概念ができる。女・子どもというのは、基本的により自然に近い人です。女性は月経・妊娠・出産があり、高層ビルで働いていても、おなかが大きくなるのは避けられません。いくら都市化しても、本来人間が持っている自然は、女性のほうに強くあらわれる。そして、「ああすればこうなる」でいかない自然を持つ女性がどうしても割りを食うことになるわけです。男性は女性ほど左右されない。それがおそらく都市化の中での男性中心社会の基本的な始まりであったと思われます。

人間の自然性

それがはっきりと書かれている最も古い文献は『論語』です。「女子と小人は養いがたし」と書いてあります。これは都市社会における人間関係の原理をはっきりと述べたもので、都市社会の論理です。孔子は「人間が意識的に設計したもの以外については語らない」という姿勢をとりました。「怪力乱神《かいりよくらんしん》を語らず」とは根本的にそういう意味です。

自然についてもまったく同じ態度です。弟子に「詩を読みなさい、詩を読めば動植物の名前を覚えるから」と言う。つまり、孔子の説教の相手は都会に住んでいて動植物の名前もわからない、完全な都会人だということです。

だから中国建国を成し遂げた毛沢東は、孔子を批判しました。毛沢東は農村の出身で、基本的な感覚は農民です。中国という国は、じつは八割が農民で、都市の住民は二割に過ぎません。ところが文字を書き、情報を発信するのは都市の住民なので、日本人は古くから中国はすべて都市だとばかり思ってきたのです。

確かに紀元前二五〇〇年ごろから中国は都市文明をつくってきた。中近東も同じです。インドも古くから都市をつくってきました。都市は四角いので門が四つあります。仏の説法では、釈迦《しやか》が都市を出ようとして四つの門を通ろうとすると、最初の門で赤ん坊に会い、次の門で病人に会い、次の門で老人に会い、次の門で死者に会う。インド人は何千年も昔から都市とは何かを知っていました。この説話は、都市の生活から一歩でも出ようとすれば、自分が抱えている自然そのものに出会いますよと教えている。

今の日本社会では、これらがすべて問題になっている。高齢化社会、エイズ、安楽死、脳死、末期医療みんな問題だという。しかし、よく考えてみれば、みんな当たり前のことで、それを問題だというほうが問題なのです。すべて人間の持つ自然の姿です。

第五章　かけがえのない身体

人工身体と自然の身体

少なくとも日本の社会では現在、二つの身体があると思います。一つは「人工身体」つまり物理化学的に計量的に把握された身体です。健康診断の結果表に書かれた数字、あれが近代医学の中における人工身体の典型といってよいものです。身体のすべてのデータが抽出されて、抽象的な計量可能な数字になっています。こうした数字となんらかの論理的組立てでつくられているものが、私のいう人工身体です。それを進めれば、最終的には、身体は完全に読めるはずのもの、予測さえ可能なものです。

もう一つ別な身体が「自然の身体」です。自然の身体というのは、それがどうなるか、まったく先が読めません。論理的に読めないのです。これは癌《がん》の告知と同じようなもので、癌だと言われてみないと気分がどう変わるかわかりません。

医者が考えているのは人工身体ですが、ふつうの人の頭の中にあるのは、自然の身体です。そのため、ここのところで、医者と患者さんの食い違いがしばしば生じるのです。昔、東大病院では患者をモルモット扱いする、と言われました。このモルモット扱いのモルモットというのが、まさに人工身体のことです。

私たちはものごとをはっきりと予測して計算できる社会をつくっていますが、実はそれをつくっている人間自体が、はなはだあてにならないことを忘れています。生老《しょうろう》病死《びょうし》は全部自然で、予測とコントロールの外にあります。予測とコントロールというのは基本的には脳の機能で、特に大脳皮質の強い機能です。

自然の身体が人工身体と違うのは、そうした予測とコントロールが成り立たない面を持っていることです。それに当てはまるのが「かけがえのないもの」という言葉です。一人一人の人生がすべて違うということです。

かけがえのない命と言う場合、一般的な命のことを言っているのではなく、ある人の、ある個体の生命を言っているのです。自然保護運動でよく「かけがえのない自然」という言葉が出てきますが、これは私からすると同語反復です。自然というのは、はじめから常にかけがえのないものだからです。ある山に生えている木の状態というのは、けっして回復しません。いったん切ってしまえば、元の状態になることはありません。それは我々の一生を見ればすぐわかると思います。

人工身体と自然身体という二つのいわば緊張関係が、日本の社会の中で展開されていると私は理解しています。

私たちがこれまで医学の進歩と呼んできたのは、基本的には人工身体の進歩です。つまり、論理的な、あるいは科学的な計量化可能なものを少し進めていくというかたちの進歩でした。

暴力はなぜ禁止されるのか

都会というのは典型的な脳化社会で、この中にあるものはすべて人間がつくったもの、取り換えが可能なものです。そうした都市環境の中で、人間が設計しなかったものが自然の身体です。予測とコントロールのできないものがむき出しでは困るから、この社会は裸でいることを許さないのです。そうした身体性というのは、社会の中できちんとコントロールされています。

まず第一に暴力がまったくいけないとされています。身体同士の接触は基本的には許されません。しかし、暴力が公式に許される職業が二つあります。それが軍隊と警察です。だから軍隊と警察は制服を着なければいけないことになっています。強盗と私服の刑事がもみあっていると、どちらが泥棒かわかりません。そこで必ず制服を着る。軍人が制服を着ないで軍事行動をすれば、ゲリラとみなされて銃殺されてもやむをえません。

それから性の問題です。これが徹底的にコントロールされるのも自然の身体だからです。性の問題というのは、単純に、人間の自然のことなのです。よい例がヘアヌードです。毛は誰のせいでもなく自然に生えているだけのことですが、それをなぜ見ていけないのか、議論する人はほとんどいませんでした。

脳が現実を決める

脳にはいくつかの特徴があって、一つは合目的的な行動をすることです。それから意識というものをもちます。さらにもう一つ、脳がもっている大きな作用で私が非常に重要だと思っているのが、「現実とは何かということを決めてしまう性質」です。

動物もまったく同じです。動物もまた世界をそれなりに把握していて、自分が把握している世界こそ現実だと思っています。人間もそうで、これが現実だということは、人間自身が決めているのです。

その場合の現実とは何かといえば、人間が何かをするときに影響を与えてくるもののすべてを言います。幽霊がいるとかいないとかの話がありますが、誰かがもし暗い中で幽霊を見て、急いで走って逃げて、ころんで足を折れば、その人にとって幽霊は現実である、と私は考えます。そういう意味の現実というのは動物にも存在していますし、非常に重要なものです。

なぜそれが重要かというと、そのことが「現実は人によって違う」ことを意味するからです。つまり、脳が現実を決定するということは、人によって現実は違うのだということを意味しています。そして人によって違う現実が、脳化社会ではきわめて強くコントロールされているのです。

人が社会をつくる大きな理由の一つは、そうした現実のコントロールであると私は考えています。戦前から戦後まで生きてきた人はすぐにわかると思いますが、戦前の日本社会の現実と戦後の現実はまったく異なっています。

国体という言葉

たとえば「国体」という言葉があります。国体の護持という懸案のために、日本政府のポツダム宣言受諾が遅れました。その結果生じたのは、長崎に原爆が落ちたということです。もう少し早く、広島のあとにすぐに受諾していればよかったのですが、問題は国体の護持でした。それをどうするか、議論が集中しました。

そういうことを知らない現代の人に国体とは何ですかと聞くと、国民体育大会のことでしょうという答えが返ってきます。両方とも天皇陛下がいちばん上に乗っているところはそっくりですが……。これは日本社会がもっている非常にうまいタクティック（方策、戦術）の一つです。言葉を同じにして中身を完全に換えてしまうのです。こうすれば、もともとの言葉が持っていた内容について議論できなくなります。

ここで強調したいのは、「戦前においては、国体は現実であった」ということです。それが戦後、虚構《きょこう》に変わりました。一億玉砕《いちおくぎょくさい》にしても特攻隊にしてもそうですが、現実でなければ人間があのような行動をとるはずがありません。ところが戦後になるとそれは虚構に変わってしまいました。なぜかといえば、結局、現実といってもそれは我々の脳が決めているからです。

いろいろな現実

不思議なことに、脳というのは、その中でたえず起こることに対して、それは現実であるという現実感を賦与《ふよ》する機能をもっています。

よい例が数学者で、我々一般人とはまったく違う現実感をもった職業グループです。数学者がなぜあれほど抽象的なことをやっていられるのか、私たちにはほとんど理解不能に思えます。しかし脳の働きからいうと、私がコップに水を注いで飲むという行為と、数学者が数学を考えるという行為は、まったく同じことなのです。なぜなら、数学の世界は数学者にとっては現実だからです。あんな抽象的なことをよくやっていられるなあと思うのは、そう思う人が数学者の脳をもっていないからです。

現実感のズレた人を集めている施設はいくらでもあります。まったく違った現実を現実だと考えている人を知りたければ、精神科の病院に行けばいい。よく頭がおかしいとか世間の人は簡単におっしゃいますが、そもそも人間にないものが出てくるわけではありません。

精神科の患者さんであっても、基本的機能は我々と何も変わりません。体温も血圧も同じ範囲内です。では彼らはなぜ病院にいるのか。一人一人の脳が現実を決めているのですが、大多数の人が現実だと考えていることを現実だと認めないと、この社会では病院に入るしかないということです。

脳は機能の共有

脳がもっているもう一つの大きな特徴は「機能の共有」です。これは奇妙な機能と呼んでもいいものです。実は脳にこの特徴があるからコミュニケーションが成り立つのです。ネコと私のコミュニケーションがむずかしいのは、ネコの脳と私の脳が違うために、互いに共有できないからです。

機能が共有されるということを典型的に示しているのが、いま私が話している日本語です。私たちの脳の中に日本語のソフトウェアが入っていて、私の脳の中にも日本語のソフトウェアが入っています。だから日本語で話が通じるのです。心臓だとこうはいきません。一〇〇人の人がいて一〇〇個の心臓が動いているからといっても、私は安心できません。共有部分などまったくないので、私の心臓だけが勝手に止まることが十分にあるからです。

ところが脳は、その基本的な機能を共有できます。だから、自分の感情、考え、思想、思い出などを、他人に伝えることができるわけです。このような脳の共有機能にはマイナス面もあって、自分だけにしかない肝心のものがなくなってしまう、という現象が出てきます。これが日本の若い人の自我にいま起こっていることだと思います。そこでカネやタイコで個性というものを探している。もし自分というものが基本的に心、脳の働きだけだったら、自分というものはなくなって共有されてしまいます。

このような脳による共有化には社会的な意味合いもあります。もし永久に生き続けたいとしたら、自身を心と定義すればいいのです。自分の考え、思い出、感情というものすべてを、他の人が感じてわかって抱《かか》えとってくれれば、自分自身はなくなってもいいのです。共同体が行き着くところはそういうかたちです。お家のため、お国のために死ぬというのがごく当たり前になります。脳が集まった社会というのはそういう側面をもっています。

社会というものの定義

「社会は脳がつくる」と私が言うと、何か奇妙なことを言っているなと思われるようです。しかし、精神疾患の例でも脳死でもそうですが、社会がいかに脳を中心に動いているかは改めて言うまでもないことです。動物であっても社会は脳がつくっているのです。アリはアリの社会をつくり、ヒトはヒトの社会をつくります。

では、アリの社会と人間の社会は非常に違いますが、それはなぜか――。普通は、アリと人間が非常に違うからその社会も違うにきまっている、とお考えになると思います。しかし私は必ずしもそう思っていません。

もう少し厳密に言うと、アリの社会がアリの社会であるのは、アリの脳がアリの脳だからです。アリを一匹つかまえてきて、非常に難しいでしょうが脳の手術をして、そのアリを元の巣に返してやるとします。すると、もしアリの社会が精神病院をもっていたら、たぶんそこに入れられてしまうでしょう。それがじつは社会というものの定義です。

唯一《ゆいいつ》客観的な現実があるという信仰

私はこういうふうに社会というものを考えています。その中で成長すると、その社会がつくる暗黙の前提が現実になってきます。たとえば「唯一、客観的な現実が存在する」という考え方は、現代社会に特有の、きわめて強い暗黙の前提です。ですから統計数字をとったり、いろいろなことをします。そういうことをする基本的な信仰は、ある唯一の、客観的な、全体的な現実が存在するのだ、とみんなが心のどこかで思っているからです。あるいは、唯一正しい答え、正解があると思っているからです。

日本の人口について考えてみます。日本列島に何人の人間がこの瞬間に住んでいるか、その人数はきちんとわかるはずだと多くの人がお考えになっている。しかしよく考えれば、そんなことは実証できません。

人の数を数え出すと、数え終わるまでにたいへんな時間がかかるので、その間に増えたり減ったりします。生まれてくる人がいるし、死んでいく人もいる。ボートに乗って警官の目をすり抜けて上陸してくる人までいます。それだけではなく、これは一人と数えるべきか、二人と数えるべきかという人まで生まれる。このように人口という数字はどんどん変わってしまうのに、多くの人はカチッとした数の人口があると思っているのです。実際に発表される人口というのは、どこかで乱暴に切り取っただけであって、唯一客観とはまったく別のものです。

考えていただきたいのは、そういう暗黙の前提はどの程度実証的なのですか、ということです。医学も科学で実証的でなければいけないと言われますが、はたして我々はどの程度まで実証的でありうるのでしょうか。

三〇億対の遺伝子を全部読んだところで、唯一客観的な現実としての人間など、実証的には把握できないことに気がつきます。同様に歴史的客観性というものを主張したら、少なくとも歴史的時間と同じくらいの時間を生きなくては実証できないのです。

身体の現実

こういったことを前提にして、現代社会における身体ということを考え直してみると、ニュアンスが少し違ってくることがわかります。つまり私が人工身体と呼んだのは、脳化社会の原則が、そのまま身体に応用されていった結果生じてきたものです。それに対して我々がもともともっていた身体が自然の身体で、日本の社会ではこれらが二極分化をしたのです。

日本の歴史を見てはっきりするのは、こうした身体の見方は、近世つまり江戸以降に登場したということです。それ以前の人たちは、同じ日本人として身体をどう見ていたのか。

中世、つまり鎌倉時代から戦国時代まで、そのことを物語る典型的な絵がありました。それが「九相詩絵巻《くそうしえまき》」で、人が死ぬには九つの姿を経るという宋の蘇東坡《そとうば》の九相詩を絵にしたものです。九枚一組になっています。

最初の一枚は、若い女の人が生きていますので、とりあえず小野小町《おののこまち》ということにしておきます。二枚目は亡《な》くなったところです。亡くなると当時の慣習らしく畳の上に乗せて着物をかけます。これは湯灌《ゆかん》をつかわせているからで、着物を脱がせて身体を洗ったあと、着せるのがめんどうだから、着物を上からかけておくのです。

これをしばらく放置しておくと黒ずんできます。よく人間は一人で生まれて一人で死んでいくなどと言う人がいますが、これは生物学的には大間違いです。

我々の身体には多数の微生物が共生しています。乳酸菌、大腸菌をはじめとして、ダニの類、カリニ原虫なども住んでいて、ふだんはなんともないのですが、たとえばエイズにかかると肺炎を起こす。それ以外にも原虫類がいますし、人によっては水虫などもいます。人間というのは、そういうものが全部すみついたいわば一種の生態系ですから、死んだからといってすぐに全部がいなくなるわけではありません。

それからだいぶたつと、外から見ただけでは人間であるかどうかわからないという死体になります。季節によって、または死に方によっては、あっという間にミイラになってしまいます。そして次が白骨相という状態です。

中世人の鋭い目

こういった絵を見てどう考えるかですが、初めて見たとき私は非常に強い印象を受けました。一三世紀の世界で、これだけ人間の死体を冷静に客観的に見ることができた人々というのは、世界でもまずいないのではないか。この時代に日本固有の仏教と言われる鎌倉仏教、つまり日蓮《にちれん》、道元《どうげん》、親鸞《しんらん》、法然《ほうねん》という人たちの宗教が生まれました。そしていまなお現代の人たちの中で強い力をもっています。それは当時の人たちが、現代の我々と非常に違うものの考え方をもっていたからではないかと私は思います。この九相詩絵巻は明らかに写生によるもので、想像して描いた絵ではありません。

人間は自然の状態では、最後にはカラスなどについばまれて終わります。藤原新也さんのインドの写真集を見ると、まったく同じような風景があります。九相詩絵巻に描かれた情景が見たかったら、インドに行けばいい。現代人はそれを原始的な未開の社会のように見ますが、けっしてそうではありません。

死体を見ながらああした絵を描くことができるのは、客観的、冷静などというより、普遍的と言ったほうが正しいものを持っていたからかもしれません。そんな普遍的な目を持った人たちがこのころの人たちであって、じつはその人たちの書いた文章がたとえば『平家物語』であり、『方丈記』なのです。ですから、あのような文章が論理的にも情緒的にも優れている理由や背景が非常によくわかるのです。

「祇園精舎《ぎおんしょうじゃ》の鐘の声、諸行無常の響きあり」というのはけっして頭で考えたことではなくて、日常、外に出ればこの九相詩絵巻のようなものを見ているという生活の中から出てきた表現であるということです。

当時のヨーロッパの絵などたいしたことはなく、一五世紀になると少しましになり、一六世紀になるときちんとしたものになる程度です。日本の中世というのはけっして馬鹿《ばか》にしてはいけません。『方丈記』はきわめて客観的な目でこのころの出来事を記しているのです。

脳化した江戸時代

こういう中世の作品がなぜきちんと日本では紹介されないかというと、江戸の時代があったからです。江戸というのは戦国の乱世を否定することによって成立しています。日本の社会は、戦後は戦前を否定することによって浮かび上がろうとし、明治維新は江戸を否定するという面をもって成立しています。同じように、江戸はそれ以前の中世を否定した上に成り立っているので、あとの時代に生まれた人は前の時代のことをよく知りません。

江戸になると、私が第三の身体と呼ぶものが一般的になります。武道の人の身体、お茶やお華《はな》をやる人の身体、さらに伝統的な日本の芸能である能とか歌舞伎《かぶき》など、舞台の上に現れる身体です。現代で言えばバレエとか俳優さんの身体、音楽家が演奏するときの身体です。これが第三の身体です。

同時に、脳化社会できわめて特徴的な人工身体も登場しました。要するにアタマの中だけの身体です。骨が描かれればお化けにきまっている。また、登場する文脈が違うから、絵は必ずデフォルメされてくるのです。鎌倉時代の絵とはまったく違います。江戸の身体をよく象徴するのがデフォルメです。ペンフィールドの描いたホムンクルス（小人）というのがあります。大脳皮質の運動領には、担当する身体の各部分が割り付けられています。そうした脳の割付けの大きさに比例して身体を描いたのがペンフィールドのホムンクルスで、手が大きいし顔が大きいし、あとの部分は小さいという変な姿になります。つまり、これは脳の中に割り付けられた身体ですから、基本的には我々が意識している身体と言ってもいいかもしれません。

江戸の中期以降のポルノグラフィでは、ペニスあるいは生殖器が非常に大きく描かれます。外人の間でもウタマロと言われてよく知られています。これは何かというと、性行為のときの人間の頭の中にある生殖器の大きさを翻訳したものです。これはペンフィールドの図とある意味ではよく似ていて、私はペンフィールドがこれから自分の図を思いついたのではないかという疑いすらもっています。

こういうものが脳化した身体です。江戸では基本的に自然の身体は排除されています。江戸という社会は自然の身体を徹底的にコントロールして、社会の外に出してしまいました。そういうものは存在しないという方向に持っていきました。一つ目小僧はおそらく当時は人と認められませんでした。シャム双生児などもそうです。

尺度としての脳

脳が現実を決定することは、私は非常に重要だと思っています。問題はどこにあるかというと、たとえば日本の学問です。大学受験でも文系と理系にきれいに分けてしまう。つまり、自然科学つまり理学や医学といったようなものと人文社会科学といったものとがバラバラになっていて、全然つながっていません。しかし脳を中心において考え直すとうまくつながってくる可能性があります。

人のすることは脳のすることであるということは脳死の患者さんをみるとよくわかります。口で言ってもなかなか理解されないのですが、脳軟化症の患者の脳を実際に見せれば、脳死がいかなる問題か、一目瞭然《りょうぜん》のはずです。というのは、脳軟化症の患者では、脳の一部分が物理的に完全に消えてなくなっているからです。誰かが削り取ったのではなく、脳軟化になってしばらく生きているうちに、その壊れた脳の部分が、完全に消化されてなくなってしまうのです。そういう実際の脳を見れば、脳というのはきれいに消えてなくなるものであることがわかります。

私は、人というものを脳を尺度として測ってみたらどうかという提案をしたいと思います。脳を尺度にして測るということは、人間のすることに対して、ある意味で客観的な物差しを得ることができるということです。

自然の身体を取り戻す

人によって現実が違うわけですから、そのままではどうしても争いになります。極端な場合には戦争になります。しかし我々がもし人によって現実が違うことをはっきりと認め合うことができれば、少なくともそれで殺し合いをする必要はなくなります。しかし、多くの人が正義なり真理なりという、いわば抽象的なものに対してこの現実感を付与したままであれば、なかなか解決はできません。

現代社会に暮らしていると自然の身体が現実から消えてしまいます。中世の人がもっていた感覚がまったくわからなくなります。「人体の不思議」のようなプラスティネーション（人体標本）の公開は、一般の人がもっている現実感を変えるという点で大きな意義があると私は思います。

自然の身体と人工身体というのは、まだしばらく分化を続けていくと思いますが、やがてそれは融合せざるをえないものです。それをどういうかたちで一致させるかが、この先の重要な問題であると思います。

第六章　からだは表現である

その人がその人であるところのもの

私は「人間の身体《からだ》は表現である」と考えています。こう言ってもすぐにピンとくる人はあまりいないと思います。しかし、演劇関係の人、俳優さんでしたら、よくおわかりのはずです。

私は解剖学を通して「身体とは何か」を考えてきました。解剖の場合、身体というのはだんだん変形していきます。何のことはない、私が解剖するから相手が変わってくるのです。その状態を遺族の人が見せてくれというケースがありました。しかし私は途中からはお見せしませんでした。なぜか――。

実際に解剖をやっていると、なぜ相手の姿が変わっていくのか、よくわかります。毎日毎日自分でやっているわけですから、変わり具合に納得がいく。しかし、それを途中からいきなり見せられても、変わり果てた結果しか見えないので納得しにくい。だから「ご覧になるならどうぞ初めからご覧ください」と申し上げてきました。

ここにも非常にはっきり出ていますが、一般の社会的関係の中で、身体はその人がその人であるところのもの、当人が当人であるところのものをよく表しています。時々若い人が寄って来て「養老先生ですか、握手してください」と言う。これも、その当人が当人であることを、その身体性を通して確認していることかなと思います。この人はお化けでも幽霊でもないという確認かもしれません。

死体は身体の典型

そのあたりから考えていくと、いったい身体とは何かということが問題になります。解剖の場合と異なりますが、じつは亡《な》くなった人間の身体を放っておくと、同じように変わってきます。姿形がどんどん変化していく。それが嫌なので、どこの文化でも普通は人が死ぬと埋葬するのです。

しかしそのやり方は場所によってまったく違います。ニューギニアあたりでは、木を組んで、その上に亡くなった人を乗せておく。すると、あっと言う間に虫が来てきれいにしてしまいます。骨になるので、その骨を持って帰る。

沖縄や中国の南のほうでは、亡くなると地面に埋めて、そして一年経《た》つと掘り返す。そのころにはきれいに骨になっているので、そのお骨を洗って大きな瓶《かめ》に納めて埋葬します。

日本の場合には、ある時代から、亡くなった人が移り変わる姿を見せなくなりました。それが非常に普及して、現在では亡くなると誰でも火葬にしてしまう。「大急ぎで火葬場に持っていって焼いてしまう」と私は言っていますが、それが当たり前だと思って暮らしていると、時に面倒なことが起こります。

イランの人が日本で亡くなりまして、うっかり火葬してしまい、外交問題になったことがあります。イランの人は火葬を非常に嫌います。ヨーロッパ人も一般には火葬は残酷だという考えを持っています。だから亡くなってもそのままの形でお棺に入れて、地下へ埋めるのです。

アメリカでは「エンバーミング」ということをします。亡くなった人にお化粧して、修理をして、あたかも生きているような形に修正すること、これが葬儀屋さんの重要な仕事です。

死体の話をした理由は、死体というのは一つの典型的な身体であって、それを人間はどう扱っているか、簡単に知っていただきたかったからです。

生と死を明確に切る文化

多くの人は、人が亡くなった後は何かが違うと考えています。その点についても念のために少し述べておきます。

日本では、亡くなったら最後、何か違うものになるという考えが非常に強い。私はこのことを、死者と生者の間に非常に深い溝がある、と言っています。この溝は、ある種の文化的な習慣であって、日本人がつくった溝です。

日本の文化はなぜか知りませんが、生と死の間を非常にきれいに切ります。よく「けじめ」とか何とか言いますが、きちんと切る。生きている人と死んでいる人は違うものだという常識を持っていると思います。

しかし、そういう切り方はうまくいかない。典型的な例が脳死の問題です。脳死の人を死んだ人と見なすか見なさないか、という議論を読んでいると、面白いことを言っている。脳死の人を見て、「とても死体とは思えなかった」という人がいました。ということは、死体とはこういうものだという非常にはっきりとした観念を持っている。しかしその観念が本当に確かなものかといえば、そうではないことがすぐわかります。

たとえば腎臓《じんぞう》なら死後移植が可能なので、三兆候が現れてご臨終ですと医者が言って、それから一時間以内に取り出せば移植は可能です。皮膚なら次の日でもたぶん大丈夫です。私は自分の皮膚をはいで研究に使っていたのでよく知っています。実験で残った皮膚をシャーレに入れて栄養液を垂らして冷蔵庫に入れておくと、次の日でもきちんと実験に使えます。皮膚は一日くらいでは死にません。

塩をまく習慣

いずれにしても、私たち日本人は、生きている人と死んでいる人を頭の中で非常にきれいに切っています。それがどこに出てくるかと言うと、告別式です。末期の患者さんをお見舞いしているぶんには何の問題もないわけです。しかしその人が亡くなって、告別式に行って帰ろうとすると、黒い服を着た人たちが「ご会葬御礼」という封筒をくれます。そしてそこに小さな塩の袋が付いている。昨日までお見舞いして何でもなかった人を、今日お見舞いすると何で塩をくれるのか——。亡くなった人を訪問して帰ってきたら塩をまくというのは、ごく当たり前の常識だと日本人は考えています。しかしそれは典型的な死者に対する差別であると私は申し上げます。

日本人は、生きている人と死んでいる人は別だと思っている。だから塩をまく。戒《かい》名《みょう》といって名前を変える。ホトケになってしまう。そして、人によっては、死んだら、ものと言われる。生きていようが死んでいようが、人間、ものだと思えばものです。

いないことになっている子ども

表現としての身体について考えるために、ふだん目にするのとちょっと違う人間の姿を二つ思い出してください。

第一番目は、昔はシャム双生児、今は結合児と言っている子どもです。こういう子どもたちの姿が時々テレビで見られるようになりましたが、最初、私はびっくりしました。なぜなら、日本ではこういう子どもは隠すことになっていて、そもそも生まれたことにならないからです。つまり「いないことになっている」のです。

二番目は単眼症ですが、実際にはこういう子どもも生まれてきます。しかしこれも日本ではいないことになっている。江戸時代ですと、これが一つ目小僧になりました。このような姿を見て、何を考えるでしょうか。シャム双生児や単眼症の子どもを見たときに、自分が感じる感情ないしはさまざまな思いを、すべて言葉にできるか、つまり意識化できるかということが、まず問題になります。

我々が何かを感じることは間違いないのです。したがって、あの子どもたち自身が何も意識しなくても、あのような身体そのものが表現であることに間違いはないだろうということです。

らい予防法のこと

そうすると、このような表現が日本の社会にない、ということは、率直に言えば、あの種の表現は日本では禁止されている、と言ったほうが正しいのです。私はただ事実として述べています。ああいう子どもも生まれるのですが、それが世の中に出ないわけですから、世の中の表現としては、あの種の表現は禁止されている。そう考えると、一九九六年の三月三一日まで「らい予防法」が生きていたことがよく理解できます。

特定の疾患の人たちが社会に出てはいけないという法律がなぜ長い間生きてきたか。これについてほとんど議論されませんが、非常に不思議なことです。しかしその理由は考えてみれば歴然としている。らい病は身体が変形する病気です。ここに、身体の変形を日本人がいかに嫌うかということがよく現れている。なぜ嫌うかと言えば、ある種の表現はこの社会では許容されていないからです。そのような社会をつくっているのは私たちです。あまり言うと嫌われますが、「こういうものは人前に出すものじゃない」という感覚をどこかで持っているのです。差別とかの話ではありません。「表現としての身体」あるいは「身体と表現」という問題なのです。

数字に化けた透明な身体

それでは現在、私たちは身体をどう考えているのでしょうか。身体検査あるいは血液検査の結果表を思い出してみてください。これは何かということです。家内と一緒に東大病院に行って、顔見知りの医者に診てもらったことがあります。「胃が悪いそうですね」「ええ」と答えると、後は医者は何もしないでただ紙をくれる。何のことはない、病院の地図です。

最初の紙に従って行くと、トイレです。おしっこをとられる。次の紙を見ると今度は血液検査。三人くらい看護師さんがいて血液を採る。次はレントゲン。その次が胃カメラ。胃が悪いと余計なことを言ったので、薬を飲まされたり、注射をされたりしてゲエゲエ言いながらカメラを飲む。検査が全部終わったら午後になってしまいました。二人で顔を見合わせて、「丈夫でないと病院なんかこれないな」。

医者は何も言わない。「一週間たったら検査の結果が出るからまた来てください」でおしまいです。

一週間たって病院へ行くと、私の顔をちらっと見て誰だか確認したあと、ずっと検査結果表の紙を見ているわけです。愕然《がくぜん》として「ああこの紙が俺の身体なんだ」と悟りました。

正常値と異常値

つまり現在の医学における身体とは検査表なのです。あるいはCTだとかMRI。CTとかMRIによる検査では結果が画像で出てくるので、写ったのが自分の身体そのものと思っている人がいますが、それはウソです。もともと単なる数字で、コンピュータがあとで数字を画像に変えています。

このようなものが、一般化され普遍化された身体です。身体というのはその人がその人であるところのものと言いましたが、これはその人がその人であるところのものではなくて、誰でも同じ基準の上に立って計ったものです。

検査結果にはいろいろ書いてありますが、右側は数字になっているから、これはお金と同じで典型的に普遍的なものです。普遍化されてしまった身体なので、これを私は仕方なく「透明な身体」と呼んでいます。

透明だということは、きちっと数値化されるということで、数値化には論理があります。でたらめに調べて数字にしているのではなく、「これは何々ですよ」という理屈がわかって、その中で数値として表している。そこでこういった数値を集めて、正常値とか異常値とか言うのです。ではその根拠はどこにあるか。

アタマは平均を外れろ、身体は平均に寄れ

よくご存じの正規分布のグラフを思い出してください。理屈が全部わかっている話は別ですが、よくわからないものは、統計つまり個々の性質を無視して全体の平均分布でいくしかない。人間の身体もよくわからないもので、数字にして分布を見れば、大体は正規分布になります。縦が人数で、横がその数値。血圧でいちばん人数が多い所は、最高血圧でいえば約一二〇。つまり一二〇あたりの人がいちばん多い。

一四〇と高いほうに寄ると人数がぐっと減ってくる。逆に一〇〇より低い人も減ってしまう。このグラフでは、九五％なり九九％なりの人が入る範囲を「正常値」と決めることができる。そして「ここから高いほうに出たら高血圧ですよ、低いほうへ行ったら低血圧ですよ」と言うことにしたのです。

実は入学試験も同じです。大学入試のセンター試験というのがあって、大勢の人が受けます。その試験の結果が正規分布になります。正規分布にならなかったら、入試問題自体が悪かったということになって、来年はぜひ正規分布になるようにしようと努力する。そこでほぼ必ず正規分布になるのです。さて、考えていただきたいのはその入試の結果です。

血圧三〇〇？の東大生

私は長年東京大学の医学部に勤務しましたが、東大の医学部に入れるような人は入試の成績がとても高い。それなら、センター試験の成績を、血圧に置き換えてみてください。そうすると、血圧三〇〇とかになってしまう。そういう学生がお医者さんになって、患者さんの血圧が一八〇だから高血圧だと言っている。患者さんは「私が一八〇で高血圧なら、先生が医者になっているのはもっとおかしい」と言わなければならない話です。

要するに身体の見方ですが、論理が見つからないときには、仕方がないから統計的に把握して、いちばん人数の多いほうに寄れ、という。血糖値だろうが何だろうが、要するに同じことです。普通のほうに寄りなさいという。

一方の入学試験は脳の機能検査と思えばいいのですが、そういう機能検査では、できるだけ異常値を出しなさいと言っている。ここをよくお考えいただかないと、子どもが本当に混乱します。身体については人並み、頭については人並みはずれろと言っているのです。これはかなり無理な話です。なぜかと言えば頭だって身の内だからです。

なぜ普通の人々がそう考えないかと言うと、実は私たちの社会は脳が化けた社会だからです。つまり脳の機能だけが優先しているので、その機能だけは高いほうがいいとしている。しかし身体については「真ん中に寄れ」と言う。これが現代社会の言ってみれば歪《ひず》みです。つまり我々は、アタマがある程度以上まわらないとやっていけない社会を、じつはもうすでにつくってしまっているのです。

だからボケ問題とか、精神科の患者さんの問題が深刻になるのです。こういう社会が、脳化社会です。それをもう少しわかりやすく言うと、都市ということなのです。都市とは本来そういうもので、だから昔から「生き馬の目を抜く」と言いました。アタマがまわらないと町では生きていけない。だから血圧はともかく入試の成績だけは人並みはずれろと言わざるをえなくなる。これは都市社会の問題です。

置き換え可能な身体

現在の医学ないし保健学で把握されている身体とは、普遍的で論理的な透明な身体なので、だからコンピュータの中にモデルとして入れることができます。コンピュータは論理的機械なので、身体は論理的に解明されているということです。この考え方を延長していくと、臓器も論理化されます。たとえば心臓はある圧力で全身に血液を運ぶポンプであって、単位時間当たりの拍出量がいくらである、といったものになります。

だから心臓の機能が完全に把握されて論理がわかった段階で、人工心臓に置き換え可能になります。現に人工心臓を付けたヤギは一年以上も生き続けます。そういった身体の究極の姿も考えに入れて、私は人工身体と呼んでいるのです。意識がつくり出したものが人工物ですから、身体もその意識の中に納めてしまう。そうすると、数値化され、一般的され、透明化された身体になる。こういう身体が前提になっているのが現在の医療制度なのです。

健康保険制度も同じように人工身体が前提になっています。どなたの身体も一律同じで、ある基準があって、それを満たせば糖尿病です。だから治療法も制度の中ではっきりと決まってしまう。それ以外のことを医者はしません。してもいいのですが、基金がお金を払ってくれないので持ち出しになってしまうからです。

健康保険の論理

健康保険の論理のようなものを考えると、ただちにわかってくるのは、医者の側ではなぜ臓器移植が問題なく感じられるのか、ということです。

医療制度の中では、それぞれの人が、独自の、かけがえのない、その人だけの性質を持っていることは、できるだけ無視します。無視しないと保険制度が成り立ちません。「一人一人別だよ」と言ったら計算できません。ですから、現在の医療制度で考えられている身体とは、平均平等な身体のことなのです。そういう平等な人工身体を扱っていれば、当然、こっちの心臓とあっちの心臓は交換可能だという考え方になってきます。

ですから私は、移植医というのは、現代日本の医療制度の根本的な考え方に最も忠実な人たちだと考えます。それに対して、医師でない人が臓器移植がどうとかこうとか文句を言っても聞いてくれないのは当たり前なのです。そういう考え方をとらなければ、現在の医療制度の中で医師は生きのびていけないからです。

かけがえのない自然の身体

このような人工身体に対してまったく違う身体があります。それが「自然の身体」です。なぜ自然の身体と名付けるかというと、自然物は面白いことに同じものがないからです。

かけがえのない自然を守ろうというフレーズがありますが、このかけがえのないというのはどういう意味かというと、「それが一つしかない」ということです。私たちの身体もやはり一つしかない。同じものは二つとないので、そういう面を強調して見ればそれは自然の身体。これに付く枕詞《まくらことば》が「かけがえのない」です。もう一つ、かけがえのない身体という言葉には、一回限りという意味も含まれています。

なぜ一回限りかというと、いちばん大きな理由は歴史性を持っているからです。どこで生まれてどういう親を持って、子どものころからずっと生きてきたという過去は取り返しがつきません。

たとえば結婚を考えたらわかりますが、いったん結婚すれば独身でいるわけにはいきません。離婚すれば独身に戻れると思うかもしれないが、それは結婚して別れたという別の状態です。こう考えると、人生は取り返しがつかない決断の連続として見えてきます。すべて一回限りです。つまり、人工身体とは別に、私たちはそれぞれかけがえのない、歴史性の上に立った一回限りの身体を持っているのです。

ケアとキュア

こういう身体がはっきりと浮上してくるのは、たとえば癌《がん》の末期医療の場合です。あと三カ月しか生きられないことがほとんど確定した段階で、その人がどう生きるか——。いくら考えても、一般的で普遍的な回答など、あるわけはありません。

その人が今までどのように生きてきたかという人生の上に、残りの人生を設計する以外にないことがわかります。人によって違うので、そこに一般的な答えなどあるわけがない。つまり、数字に置き換えられるような一般的な回答などありえないのです。実は、そうした自然の身体に対して行う行為が、現在の医療の世界で言われている「ケア（介護）」であると私はとらえています。

それに対して、人工身体つまり一般的な透明な普遍的な身体に対して行う行為を「キュア（治療）」と言う。アメリカで「キュア」と「ケア」が対立して使われるのは、やっていることが違うのではなく、これら二つの行為における身体の見方が根本的に違うからです。

都市化と人工身体

このように、現在の医療の世界では二つの身体が並列して存在しています。一つは自然の身体、もう一つは人工身体です。これが最も基本的な身体の分類です。

この二つは見方が非常に違うので、それぞれの意見を主張すると喧嘩《けんか》になって結論が出ません。実際にそれが起こったのが、脳死後臓器移植の問題だったと私は思います。よく考えてみると、現代社会で起こっている身体問題の多くが、じつはこの二つの対立に基づいていることがわかります。

そんなときによく「どちらが正しいのか」という話になります。自然の身体と人工の身体と、いったいどっちが正しいのか、と。しかし世の中はそう単純ではない。両方存在しているということは、ある意味では、両方が本当のことを言っています。一般的な普遍的な身体が当然存在しなければいけないし、それと同時に自然の身体も存在しているのです。

自然の身体と人工身体の両方がありますが、両者の力関係は変化します。現代では人工身体が強い。なぜなら、日本社会は特に強く都市化したからです。都市の中には自然は一切置かないというのがいちばん大きな原則だからです。

裸が許されない理由

そうした社会の中で人間はいったい身体をどう見ているのか――。これには、はっきりとした特徴があります。まず第一に都市化すると服を着ます。私は戦前生まれなので覚えていますが、戦前から戦中戦後すぐにかけては、裸で働いている人がまだずいぶんいました。しかし、都市化にともなって服装が徹底的に規制されていきました。

つまり人工空間では、基本的に、人間の自然の身体は表に出すなという約束事が成立しています。

服を取り替えることによって、じつはありのままの身体が取り替えできると思っている。当事者同士がお互いに納得させているわけです。でも実際は交換できない。私が裸になったとすると、その身体のかっこうというのは、私のせいではないのです。まあ腹が出ているのは食べ過ぎだから一切とはいいませんが、私に責任はない。中年になるとある程度は仕方ない。

仕方のないものをなぜ表に出していけないかと考えても、よくわからない。しかし、これは絶対に禁止されている。じつは、それが「表現としての身体」なのです。自然としての身体は、都市空間の中では表現禁止です。

かわりにたくさんの約束事をつくります。まず出していい所は顔と手。女性は、その出していい顔と手を徹底的にいじる。顔は白く塗り、たいていは赤い口紅を塗って、目の周囲を青くする。赤、白、青という三色の取り合わせは、マンドリルの雄の色でもあって、霊長類にはもっとも影響の強い色合いです。

サルなら生まれつきそういう色になってしまうことを、人間は意識的にやる。人工についてでは禁止されない。しかし、髪をのばすと「床屋に行きなさい」になる。髭《ひげ》を剃《そ》るのも同じです。そういうふうに、見えている所は徹底的に手入れをする。なぜそうしなければいけないかと言うと、それは「自然のままではありませんよ」ということをはっきりと伝えるものだからです。

都市の平和

このように考えると、それに関わってさまざまな問題が規制されてくることが、よくわかってきます。都市社会で強く規制されるのが、性と暴力です。

歴史の例で言えば、江戸には「吉原」ができて、そこにある種の性の問題が徹底的に集中されました。「吉原」には囲いがあって門があって、中にいる人が自由に出られませんでした。これを多くの人は封建制とか言いますが、基本的にはこれは性の規制です。

性とともに、自然の身体を明らかに表してしまうのが暴力ですが、これも江戸では徹底的に禁止されました。江戸は切り捨て御免《ごめん》だから侍は暴力的でよかったのだ、と思っている人は大間違いです。

たとえば江戸城の中に入れば、まず刀を預ける。脇差《わきざ》しを差すことだけは許されますが、抜いてはいけないという重要な規則がある。殿中《でんちゅう》松の廊下で脇差しを抜いたのですから、浅野《あさの》内匠頭《たくみのかみ》は切腹以外にない。つまり、人を切るために差しているはずの刀を抜いたら切腹、というのが江戸ですから、いかに暴力の規制が強かったかがわかるのです。平和主義になったのは何も戦後からではありません。これは都市が持っている論理なのです。

ヨーロッパでもこの論理はよく知られていて、都市における暴力の規制を、「都市の平和」という特別な言葉をつくって呼んでいるほどです。それを徹底的に実行したのがたとえばチェコのプラハでした。プラハに行くと、戦乱にあっていないから一三世紀ころからの建物がほとんど全部残っている。戦争が起こるとプラハは必ず無防備中立都市を宣言しました。昔から都市というのは平和でなければ保たれないのです。

「首から上」「首から下」

脳化社会、都市化という概念を使って説明してきましたが、それだけではどうしても解けない問題が残っています。それが最初からここで問題にしている「表現としての身体」です。

自然の身体が禁止されるのは都市だから当然ですが、しかしずっと禁止だけかというと、たとえば江戸という社会を見るとどうも違います。その違う部分は何か。それは「首から上」と「首から下」の問題です。私たちの脳の中では、なぜか首から上と首から下が、まったく切れて割り付けられているのです。チンパンジーも切れています。しかしネズミの脳では切れていない。

脳の中でどう割り付けられていようが関係ないではないか、と考えられる人のために一言つけ加えておきます。例はコウモリです。コウモリは、脳の中の割り付けがひっくり返っている。上下が逆になっています。コウモリは一生の八割を逆立ちをして暮らす動物ですから、脳が逆立ちしたからコウモリが逆立ちするようになったか、コウモリが逆立ちするようになったから脳がひっくり返ったかはわかりません。ともかく、逆立ちの暮らし方と脳の割り付けがきちんと対応しているのです。

知覚系には、首から上と、首から下を切り放す、大きな動機はない。だとすると、この二つを分ける重要な動機は、たぶん運動です。首から下の運動は身体が移動する運動、専門的に言えばロコモーションです。首から上の運動は物を食う運動、それに、表情とかおしゃべりです。つまり言語運動、咀嚼《そしやく》運動が首から上の運動で、首から下の運動は移動運動。この二つの原理がまったく違うことは、何となく気がつかれると思います。

型と文武両道

そう思って初めてピンとくるのが、昔から言われている「文武両道」です。文武両道は何かと言うと、首から上が文、首から下が武です。首から上と首から下の両者を完成しないと侍としてダメだということです。では一体何を完成させるのか——。そこで表現という言葉があらためて出てくるのです。日本の伝統文化を考えると、ものの見事にこれに言及している言葉があります。それが「道」です。

具体的に修行をすると、それぞれの専門分野が道になる。武道《ぶどう》、茶道《さどう》、華道《かどう》、柔道《じゅうどう》、とにかく「道」になってしまう。道が完成したらどうなるかというと、それが「型《かた》」です。

型というのは今の言葉では「型通り」とか悪い意味に使われていますが、本来の意味は身体の所作《しょさ》、身のこなしのことです。茶道でもそうですが、あれは単にお茶を入れて飲んでいるのではなくて、身体の所作が全体として問題になるわけです。それが完成したときにお茶の型になる。これこそまさしく身体表現であることがわかります。

無意識の表現

そういった身体の表現が意識的な表現かというとそうではない。つまり言葉は意識的な表現ですし、音楽も美術も、たとえ無意識の効果が生じるにしても、基本的にはつくる人が意識して一生懸命につくっています。しかし身体の表現は基本的に無意識であって、なかなか理屈になりません。そう考えると、日本の芸事《げいごと》の教え方が初めてよくわかるのです。

日本の芸事は師匠のやる通りにせよと言われます。仕方ないので見よう見まねでやりますが、なかなか「ウン」と言ってくれない。「まだダメ」です。そのうち「よし」と言われる。そしたら合格ですが、言われたほうは何で合格なのかわからない。おそらく、長年やっているとだんだんわかってくるものがあって、それがまさしく型の典型なのです。その型を会得《えとく》したら合格。しかしそれは無意識の表現だから、理屈で説明するわけにはいかない。

もし無意識の表現というものが存在するとすれば、それは真似《まね》していくしかない。とりあえず真似していって、そしてそれが完成した段階で型が身に付く、ということになります。これが本来の型の意味であろうと思います。

以身伝心

型は身体表現ですから、普遍的な表現に変わります。つまり誰にでもわかります。誰でもわかるのだけれども、理屈になるかというと、ならないのです。そういう身体表現によって継承していくことを、私どもの文化では「以心伝心《いしんでんしん》」と言ったのではないかなと思います。心の字を使うから間違えるのであって、私は「以身伝心」と書いたほうがいいのではないか、身をもって心を伝えると書いたほうがわかりやすいのではないか、という気がします。

明治以降を考えたらよくわかりますが、我々の文化は、なぜかこれを徹底的に潰《つぶ》してきた。封建的と称して潰してきました。その結果何が起こったかと言えば、身体で伝えることが大変苦手になってしまいました。

勝海舟《かつかいしゅう》と西郷隆盛《さいごうたかもり》が江戸城を明け渡す交渉をしたわけですが、あの二人がしゃべっているのをちょっと想像してみてください。映画をつくったら現代語をしゃべらせると思いますが、当時の言葉でやったらめちゃくちゃだと思います。

西郷さんは鹿児島弁で、勝海舟は江戸弁で、二人だけで話が通じるわけはなく、通訳の人がいる。それなのに、あれだけ重要な問題を顔を見合うだけで済ませてしまうというのは、そこに型、身体の表現があったからでしょう。

これを一般化すると、文化は無意識的表現と意識的表現の二つによって支えられているのではないか、ということになります。私はすべての文化がたぶん同じだろうと思います。

マスコミと軍隊

明治以降、特に戦後何が起こってきたかと言うと、身体表現がどんどん縮小して、その代わりに言語表現が肥大化したのです。それがたとえばマスコミの発達です。このようなことになっていちばん困っているのが若い人ではないか。若い人が電車の中で足を広げて座っている。行儀が悪いと年寄りは怒るが、それはピントが外れている。なぜかと言うと、若い人は、自分の身体を持て余しているように見えるからです。すくすくとせっかく大きく育ったのに、身体を持て余している。どうして持て余しているかといえば、型を教えないからです。

コマーシャルに「男は黙ってサッポロビール」というのがあったくらいで、昔の人はいまほどしゃべらなかったのではないか、という気が何となくします。身体表現を保持していたから、しゃべらないで伝えることができたのです。それを文武両道と言った。

しかし私たちの文化は、明治以降一四〇年、それを徹底的に組織的に打ち壊してきました。その途中で現れたのが日本軍です。軍隊は、身体の型を中心にすえたものでした。明治以降、唯一《ゆいいつ》残った型でした。このことは、軍を覚えておられる人はよくおわかりだと思います。

身体の意味

その型が消えた後に何が起こったかというと、三島由紀夫《みしまゆきお》が出てきたのです。あの人は「文」の人つまり首から上の人でした。ほとんど首から上だけの人だったわけで、それがある日突然、伝統文化と言い出して、身体の重要性に気がつきます。そして表現としての身体を追究していった。三島は最初は武道をやっていましたが、運動神経が鈍いのでどうしようもない。そしてついにボディービルになりました。ボディービルというのは身体表現そのものです。そしてさらにそれが行き着く先として生首になった。

だから、もし三島の伝記を書いたとしてもそれは意味をなさないのです。なぜなら伝記というのは意識的表現であって、三島自身がやったことは最終的には無意識的な身体表現だったからです。あのようなことを起こしたとき「三島の頭の中はからっぽだ」と書いた人がいますが、それは意識的表現で無意識的表現を解釈しようとしたからであると思います。

その後に発生したのがオウム真理教事件ですが、若い人が自分の身体に初めて気がついたのです。

私に握手を求める人が多いと述べましたが、若い人は何らかの形で身体が欠けていることに気がついていると思います。第一は、都市化が身体そのものを排除してきたからです。第二に非常に重要な文化的表現としての身体表現を組織的に消してきたからです。

これから我々が考えなければならないことは、そういった意味での表現としての身体、あるいは自然としての身体というものをいかに回復するかという問題でしょう。実際にやろうとした人たちがいたわけで、その最初の代表が三島由紀夫、次の代表がオウムでした。ですからこれは、性急にやってはうまく行かないということです。やるには大変長い時間がかかり、だから修行というのは一生ものだということが常識になっているのです。

第七章　自然と人間の共鳴

人間がモノに見えるか

プラスティネーションというのは、亡《な》くなった人の身体から水を抜いて、さらにそれを樹脂で固めた標本です。私は胎児のプラスティネーション標本をもっています。私がこれを実際に手に持っているときの感覚は、人間の子どもそのものを持っているという感覚です。ところが普通の人はそう思ってくれない。平気で「先生は人間がモノに見えるんじゃないですか」と言うくらいです。あまりにたくさんの人から「人間がモノに見えるんじゃないか」と言われると、少し腹が立ってきます。他人にいくら言われても私本人はそういう気がしないからです。このような経験をしたので、逆に私は、普通の人には人間とモノの関係がどのように見えているのだろうか、と考えるようになりました。

胎児の標本を普通の人に見せると、必ず「この子、何カ月ですか」という質問がきます。胎児を見たことのない人が大半なので、大きさで大体わかるのですよと説明します。私がもっている胎児の大きさは十数センチ、二〇センチ足らずです。

胎児の大きさ

胎児の大きさからどのくらいの月数かを判断するのは、簡単な計算でできます。一カ月から五カ月までは、月数を二乗してセンチに直せばいい。大体頭からお尻《しり》までの大きさが出ます。たとえば三カ月なら、三×三が九、九センチということになります。五カ月が過ぎると成長のスピードが鈍るので、そこから先は五をかければよい。五カ月で五×五、二五センチ。六カ月になると五×六で三〇センチで、生まれるときは五×一〇カ月で五〇センチです。

このような概算を使うと、私の持っている標本は四、五カ月ということになります。この子はじつは女の子ですが、よく見ると産毛《うぶげ》まで残っていて、非常にきれいな子です。

この子を見て私が思うのは、まずこの人は私より年上かな年下かなということです。これは大変古い標本で、大学にあったものをこのような形に私が直したものです。この人が生きていたら、ひょっとすると私と同い年かもしれない。年上かもしれないし、年下かもしれない。この人にも親があり、親類縁者もいるでしょう。いろいろなことがあって、いまここにいる。私にはわからないが、この人の親戚《しんせき》もしくは縁者と私がどこかで関わり合っているかもしれない。だから「袖《そで》振り合うも他生《たしょう》の縁《えん》」という気が本当にするのです。

ホラー映画の世界

若いころ、東大解剖学教室の廊下にはプラスチックのバケツとかが置いてあって、うっかり蓋《ふた》を取ると中に人間の頭がゴロッと入っていました。ちょっとしたホラー映画のような世界ですが、それがだんだん慣れて別に怖《こわ》くなくなっていく。

なぜ怖くなくなるかというと、頭だけが置いてあるのがおかしいと思うようになるからです。普通はその下に胴体がついている。その胴体がないということは、誰かが切ってここに置いたんだなというイマジネーションが働くようになります。そして頭の下に胴体のイメージをつける。頭の下に胴体がついていることを現実として受け取ることができれば、気持ち悪くならない。

はっきり言えば、現代の思想は「死んだ人はものだ」と考えていると思います。お葬式に行けば戒名《かいみょう》が書いてあり、そこに誰かがいるのではなく何かがある。死体というのはものであると考えている。だから解剖学者が扱っているのは死んだ人ではなく、亡くなった人の身体であり、身体であるからものだ、というふうに考えるのです。しかしそうはいかない。そんな単純な話ですむはずがありません。

二人称と三人称の死体

そもそも死体には人称の区別があります。これは文法で言う一人称、二人称、三人称の区別です。ほとんどの人は、死体に三種類あることなど考えもしない。

では一人称の死体とは何か――。それは自分の死体です。これは絶対に見ることができない。落語にあります。浅草の観音様《かんのん》で「お前が死んでるぞ」と言われて粗忽者《そこつもの》が大急ぎで見に行く。確かに俺《おれ》が死んでいるということを確認する。そこまではいいのですが、死んでいるのが俺だとすると、いったいこの俺は誰だという落ちになる。この話でよくわかるように、人間は自分の死体を知ることができません。

私どもが解剖で扱っている死体は、三人称の死体です。そしてもう一つが二人称の死体で、親、恋人、奥さん、友だちのものです。私に言わせれば、二人称の死体は基本的には死んでいない。

次のような話を考えてみてください。外へ出たら交通事故で誰か倒れていて、内臓が出ていた。体の緊張感がないから死んだ人だとわかる。顔だけこちらを向けている。その顔を見た瞬間に、自分の子どもとか親であれば、必ず側《そば》に寄っていくはずです。次に触《さわ》ります。手をかけます。そして声をかける。

しかしそれが他人だったらどうか。遠巻きにして面白がって見ているか、それとも逃げ出すかどちらかでしょう。つまり、そこにある死体に対する行動が、見事に一八〇度違う。

二人称と三人称で対応が一八〇度違うのであれば、同じものであっても別なものというしかない。現代社会がある種の客観主義を持っていることは確かで、その客観主義からすれば、死体は誰が見たって同じ一つの存在のはずです。ところが私からすると、そうではありません。死体は見る人の立場によって違って見えてくるものであって、少なくとも三通りに見えるのです。

教室に遺族の人が飛んでこられたことがありました。亡くなった人を学生たちがもの扱いしてるのではないか、それが心配だから見せてくれと言うのです。ちょうど解剖が始まる日で、まだ傷がついてないので「どうぞご対面してください」と申し上げてお見せしました。そしたら手を合わせてそのままお帰りになり、それで終わりました。

人は死んでも人です。少なくとも私はそう思います。それなのに、いったいこれがものであるという言い方がどこからきたのか――。私の長年の疑問です。

死者の人権

平成四年、脳死後臓器移植に関する政府の臨時調査会（脳死臨調）の報告書が出ました。このような報告書には珍しく両論併記で発表されました。つまり脳死後臓器移植の賛成意見と反対意見が併記され、反対は少数でした。

その少数意見の中に「死んだら人はものである」と書いてあるのを私は見つけました。理由は人権がないからだ、死者には人権がない、と次の行に書いてありました。これは法律家の意見だなと私は思いました。法律の世界では、生きている人だけに人権があり、死んだ人に人権はありません。それが法律における人間の定義です。だから法律家なら「死んだらもの」という意見を述べるだろうと納得したのです。

じつは、人間なんて生きているときから物体だと見れば物体で、死体になっても同じもの、何ら変わりはありません。体重だって死ぬ前と死んだ後でまったく変化しません。アメリカで昔そういう実験をやった人がいます。

死にそうな状態の患者さんに頼みこんで、自分がつくった特別なベッドに乗ってもらった。これは精密に体重が計れるようになっていて、医者がご臨終ですと言って心臓が止まったときに目盛りが動くかどうか観察したのです。結果は全然動きませんでした。そのような意味では、人間と言っても初めから物体であって、生きてるうちも死んでからも物体に変わりはありません。物体性を持つと言ったほうがいいと思いますが、そのように見ることもできるわけです。

かつて、伊《い》藤栄樹《とうしげき》という検事総長をされた人が癌《がん》になられて、亡くなられる前に新潮社から『人は死ねばゴミになる』という題名の本を出版されました。この題名には本当にびっくりしました。私がご遺体をお預かりして、解剖しながらこれはゴミだと言ったら、遺族に殺されます。多くの人は、すべてを社会的に、つまり人間社会の尺度で計ることができると簡単に言いますが、少なくとも私はそうは考えません。

人工物は名前が変わる

「人は死んだらものである」という表現をひっくり返してみるとどうなるでしょうか。

でもものです。「生きていれば人」、そういうことです。しかし唯物論《ゆいぶつ》では、生きていてももの、死ん

ここに水を入れるものがあります。穴があるので花瓶《かびん》にもなります。たとえば私がこれで誰かを殴って殺せば凶器にもなる。同じものであるにもかかわらず名前が変わるということです。椅子《いす》に腰かけていて、その椅子が不便だからといって机の上に腰をかければ、今度は机が椅子になる。つまり、ものというのはその使われる目的によって名前を変えてよい。

ところが人の名前というのは、赤ん坊の時から六〇、七〇になっても変わらない。私は自分のお宮参りのときの写真を持っています。赤ん坊がいろいろなものを着せられて暖かそうな格好で写っています。しかしそれを見るとどうしても自分とは思えない。何か自分とは違うものです。

同級生に大きな醬油屋《しょうゆや》さんの跡取りがいました。代々喜左衛門《きざえもん》を名乗るようになっているそうで、ある年にその同級生の名簿の名前が突然変わったのでびっくりしたことがあります。歌舞伎《かぶき》や伝統芸能の世界もそうですが、襲名《しゅうめい》ということをやります。社会的に決まったある種の役割や地位につくと名前が変わる。つまり人工のものは、状況によって名前が変わるのです。

「死んだらもの」という考えの裏には、「生きていれば人」という条件がある。では、生きていればという条件では「人」と名前がつけられ、死んでいるという条件では「もの」と名前が変えられるものとはいったい何なのでしょうか。それは人工のものに違いありません。つまり脳死臨調の少数意見は、人間を人工物として見た意見なのです。

人間の尺度《しゃくど》、自然の尺度

ところが、人間というのは本来自然の存在だということです。自然の存在というのは、人間がある目的をもって設計してつくったものではない、という意味です。もし仮にそういう設計者がいるとすれば、それは「神」と呼ばれるものであって、西洋でも中国でも人ではありません。

人は基本的に自然性を持っています。特に身体というのは自然です。したがって「死んだらもの」という見方は、人間をそういった自然の存在とは別な社会的な存在、あるいは、人工的な存在として見ている見方です。

人間社会の尺度と自然の尺度は非常に違います。それを端的に示す言葉が生老病死《しょうろうびょうし》です。生まれる、年をとって老い、病を得て死ぬという人間の自然。一方、四角の中に囲まれている社会は人間のつくった世界です。この世界は我々の脳が考えてつくったもので、すべて目的がある。ところが人間の自然は別のもの。だから、「すべての人はかけがえがない存在だ」と言われるのです。しかし都市の中に自然はいらない。

都市において、どうして自然でないことが大事なのかといえば、自然の世界というのは危険だからです。現在の我々のように安全な世界に住みついてしまった人間にはわかりにくいのですが、自然というのは予測ができないし、コントロールができないのです。たとえばいつどこから狼《おおかみ》が出てくるかわからない。森の中で日が暮れたら怖くて仕方ないという世界です。人類はそのような環境の中でずっと生きてきた。これでは大変だからと大勢集まって安全な空間をつくった。どんどん便利に快適にしていって、その中では、すべてのものが正体の知れたものである世界をつくったのです。

ところが安全な世界の中にずっと浸《つか》っているうちに、自然というのがあってはならないものになった。私が持っている標本の子どもは自然です。誰も設計していない。だからこれをゴロンと町の中に置いておくと騒動になる。社会と基本的に折り合わない性質を持っている。それが死体というものの特徴なのです。

多くの人が死体をものと言う。それは苦しまぎれの言い方なのかもしれません。生きてるうちから人間はもので、そもそもぶつかったら大変です。とても痛いから相手はものに決まっています。でも幽霊《ゆうれい》なら通り抜けられます。だから死んだ途端に人間がものになるという、そんなバカな話はないのです。それは単に名前を変えただけであるということがおわかりいただけると思います。

荻生徂徠《おぎゅうそらい》と二宮尊徳《にのみやそんとく》

私が人工に対する自然という問題を初めて考えたのは、まったく別の文脈でした。日本の儒学《じゅがく》でいちばん有名なのが荻生徂徠です。徂徠は江戸時代の学者です。儒教は道《どう》ということを説きました。徂徠は道は先王《せんのう》の道、聖人がつくったものであるとはっきり言います。つまり道というのは人為《じんい》である。しかし人の生は人為ではない。これは天である、と言う。この場合の天というのは自然です。

江戸初期の儒教では、誰でも道を知れば聖人になれると教えました。しかし徂徠はそうは言いません。もっとわかりやすく「米は米、豆は豆」と言います。米は米、豆は豆で、豆は米にはならないし、米は豆にならないと言うのです。

まったく同じことを違う表現で言った人が二宮尊徳です。やっぱり天道と人道ということを非常にはっきり分けました。たとえば家を建てる、塀がある。これは放っておくとどんどん壊れていって、屋根はいずれ雨漏《あまも》りがするようになり、塀はいずれ崩れていってしまう。これは天道であると尊徳は言います。つまり私流に言えばそれは自然です。しかしそれを何とかして漏れないようにし、塀を補修して建てていくのが人道である。つまり人間のやることだと言います。

徂徠とか尊徳の書いたものを読めば、日本人の常識というものがそこにある程度出てくることがわかります。

宗教の役割

都市というのはすべてが人間のつくったものですから、そこには目的があり、意図があり、きちんとした価値があり、みんなわかるようになっています。しかし自然はわからない。

では宗教はどこに属するのか――。自然は根本的にわからないものだということを宗教は言っているのです。自然は一種のブラックボックスであって、人間がすべてわかるわけではない、と言っている。

どういう理由があって生まれたか。何の目的で生まれたか。どうして年をとるのか、一体どういう病気になるのか。なぜその病気にならなければいけないのか、そしていつ死ぬのか、なぜ死ななければならないのか。みんなわからない。これはブラックボックスです。

そういうブラックボックスの部分をどこに置くか、どの程度評価するかということが、じつは宗教が社会の中で果たしてきた役割です。私の見方からすれば、自然というものはもともとわからないのが当たり前です。宗教はその「わからない」を教えてきたものではないかという気がします。現在、その宗教の存在感がある意味で弱くなっているのは、やはり人工化が非常に強くなったからです。

つまり、昔の人間が自然の中で暮らしていたときに自然が演じていた役割を、その後の社会の中で宗教が伝え教えてきた。そういう役割を本来宗教は持っていたような気がします。お釈迦《しゃか》様が出家して町の門を出ると病人や老人や死人と出会う。生老病死という言葉は四苦《しく》八苦《はっく》の四苦で、人間の自然性を指してるのだろうと私は解釈しています。

黄河《こうが》をつくった中国人

このように考えていくと、世界の歴史がちょっと変わって見えてきます。たとえばインドという国は長い歴史がありますが、おそらく昔のほうがはるかに繁栄していた。中国もまったく同じです。ここ二〇〇〇年、中国の歴史というのは根本的には変わっていません。

ヨーロッパは地中海の周辺地方と現在西ヨーロッパと呼ばれている地方の二つに分かれます。地中海の周辺は北アフリカを含め二〇〇〇年以上前に最盛期を迎えた。

中近東のチグリス・ユーフラテス地域は人類文明の発祥の地です。都市文明は紀元前五〇〇〇年、六〇〇〇年からでき上がっていますが、今どうなっているかというと、地中海沿岸とよく似ています。

チグリス・ユーフラテス地域には昔はゾウもいたし、ライオンもいました。しかし今はまったくいません。インドはどうか。熱帯降雨林というのは木を一度切ると再生しません。雨期に表土が流れて一種の荒れ地になります。中国の黄河というのは泥が水の中に混ざって黄色くなっている。そして北京《ペキン》は黄塵万丈《こうじんばんじょう》、砂が飛ぶのです。

なぜあのようなことになったか。それは二〇〇〇年以上前を考えればよくわかる。万里の長城をつくったからです。秦《しん》の始皇帝《しこうてい》は兵馬俑《へいばよう》をつくってお墓に置きました。膨大な数の人間と馬の等身大の焼き物をつくりました。二千何百年前、いったいどれだけの薪《まき》が必要だったのでしょうか。森林を切って万里の長城の煉瓦《れんが》を焼き、兵馬俑の陶器を焼き、それ以外にもたくさんのものをつくったはずです。したがって、あの辺の森林は丸坊主《ぼうず》になりました。すべて荒れ地に変わりました。黄塵万丈になって当たり前です。私は黄河というのは中国人自身がつくったのではないかと疑っています。

つまり自然と戦っているというか、自然と直面して生きている時代がある。しかし、いったんそれを失った文明はなかなか回復できない。それが中国でありインドであり中近東です。

では西ヨーロッパはどうか。西ヨーロッパは今ゆるやかな平原がずっと続いていますが、あれが全部森林でした。中世以降一九世紀までかけて森林を全部削ってきたのが西ヨーロッパです。

アメリカも二〇〇年間にわたる開拓時代がありました。そして全土にあった豊かな自然を徹底的につぶしてきた。建国のころのアメリカの旅行記を読むと、ロッキーのちょっとした山の上に登って遠くを見ると地平線が見え、その地平線までバッファローで埋まっていると書いてあります。そのバッファローが、一九世紀には五〇〇頭にまで減りました。

豊かな自然と日本の文化

日本人は貧しかったといいますが、そんな国がたとえば江戸時代に、京都、大坂、江戸という当時の世界の中でも指折りの大都市を抱えていました。なぜそれが可能であったのか。よく日本人が勤勉だったからと言われますが、中国人だってアメリカ人だってそれなりに勤勉なのです。本当の理由はたぶん自然環境の豊かさにあると思います。日本の自然というのは奥行きがあり、再生力が強い。これは非常に特殊な自然であると私は考えています。日本の文化はそういう豊かな自然に支えられて生きてきた文化です。

中国は諸子《しょし》百家《ひゃっか》というさまざまな考え方が現れた後、二〇〇〇年たってどうなったか。儒教だけが生き残りました。諸子百家の中で儒家だけが生き残ったということは、東京の建物の中で生き残る昆虫はゴキブリだけというのとほとんど同じだ、と私は考えています。

それだけ環境が単純化したということです。儒教つまり論語の中に自然に対する言及はありません。論語が日本で取り上げられるときは「厩《うまや》の火事」になります。落語があります。孔子の弟子が先生のところにすっ飛んでくる。「先生、厩が火事です」。孔子は何と言うかというと「人間に怪我《けが》はないか」と聞くわけです。中国では、ここで孔子は偉いという美談になるのに、日本では落語になってしまうのです。ここのところに注意です。つまり馬という自然は、中国人にとっては人間のためのもの以外の何ものでもない。しかし日本では馬の心配をしない人は非難されます。

かつて、ユン・チアンの『ワイルドスワン』という小説がたいへん評判になりました。ある一家の歴史を書いたもので、その中で私が非常によく覚えているエピソードがあります。文化大革命の直前に大躍進政策というのを実行しました。毛沢東思想で農村を改造する。その結果大きな豚ができたというので、トラックに乗せて田舎の村をずっと回るという話が書いてありました。

実はその豚が張り子の豚なのです。中国では張り子の豚でいい。なぜなら自然が問題なのではないからです。豚が豚であることが問題なのではなくて、毛沢東思想の象徴としての豚、つまり毛沢東思想によれば豚はこういうふうに大きくなると、それがわかればいいんです。だから本物の豚であろうが張り子の豚であろうが関係ない。それが人間社会というものです。そこには自然の観念というものはない。

自然と人間の共鳴

何ものとも知れないもの、先の読めないもの、気味の悪いもの、そういうコントロールのできない自然が失われていく。私は外部の自然が失われていくことと、我々の心の中から自然が失われていくのは、ほとんど並行していると思います。外の自然がなくなるから人間の心の中の自然が失われていくという面もあれば、逆に、人間の心の中から自然が失われていくにしたがって、外の自然が失われるという面もある。私は両者が並行した現象であると考えています。

宗教というのは本来、自然というわからないものの実在を教えるために存在していたものではないか。そういう役割を社会の中で持ったものが宗教ではなかったかと考えています。

第八章　かけがえのない自然

頭上を舞うチョウ

平成八年の夏にベトナムのハノイに行ったとき、郊外に車で出た瞬間からものすごい数のチョウに出合いました。カワカミシロチョウというチョウで、山の斜面がほとんどチョウで埋まってしまうほどいました。チョウにはチョウ道《どう》というのがあって鎌倉あたりでもよく見られます。チョウは決まった道《みち》を飛ぶので、数が非常に多いとつながって白い道になって見えるのです。山の頂上では、気流が変わるからだと思いますが、ばらばらばらばらと、ばらけます。頂上に立って見ていると、時々頭上の空がチョウでいっぱいになります。

私が子どものころ、鎌倉にもトンボがたくさんいました。モースというアメリカ人が明治時代に日本に来て、日光まで行っていますが、中禅寺湖に行って驚いたということを書いている。トンボが顔にぶつかるというのです。「こんなにトンボの多いところを見たことがない」と書いてあります。

こういう時代がほんの少し前の日本にあったのですが、もう今ではとても考えられません。トンボやチョウは数が非常に減りました。減った理由はいろいろあると思いますが、一つは、田んぼがなくなり、そして田んぼとともに里山《さとやま》がなくなったことと関係があります。

山林の種類

一口に山といってもいろいろな種類があります。その一つが本当の自然である原始林。人間がほとんど手をつけてない山で、これはもう日本にはほとんどありません。原始林の形で残っているのは、関西では奈良の春日山《かすがやま》が有名です。春日大社の裏山。今、鎌倉の八幡《はちまん》様の裏山が何十年か放置してありますが、あれをもう五〇〇年ぐらい放っておくと春日山みたいになるはずです。原始林は東北に比較的多く、世界遺産に指定された白神《しらかみ》山地が有名です。あとは屋久島。ただ原始林はもうめったに残っていません。

もう一つが人工林です。日本の多くの山は戦後スギ林になりましたが、これで今困っています。スギの値段が安くなってしまい、伐採しても採算が合わないので間伐もしないで放置しています。数年前、台風が九州に来たときに、このスギ林が崩れて大変なことになりました。戦後に国策《こくさく》としてスギの植林を奨励したのですが、植えた面積が広過ぎた。スギ林には昆虫が住まないから、当然私は嫌いです。

第三の山が田んぼのわきにある里山で、私が子どものころは、鎌倉もそれに近かった。里山というのはそこに時々人が入って、たとえばカヤをとって茅葺《かやぶ》き屋根の材料にしたり、あるいはそこの木で炭を焼くなど、日常生活のために使っていました。広島へ行ったときに気がついたのですが、中国地方の山というのは木がまばらに生えていて、その木がほとんど松なのです。松がたくさんあって、下に何か生えているのが特徴で、これは基本的には里山です。

手入れと里山

明治時代に撮影された鎌倉の写真を見ると、我々が見ている鎌倉の山の風景とあまりにも違っていて、びっくりします。どこが違うかというと、かつての鎌倉の山がまさに現在の広島の山なのです。ほとんど松だけで、しかもそれが間を置いて生えている。これは人が入って使っていたことを表わしています。あとはクヌギとかナラとか、要するに炭になるような薪炭林《しんたんりん》です。

里山に手を入れないで放っておくと、やがては常緑広葉樹林、つまり照葉樹林《しょうようじゅりん》となります。そういう日本における自然の変化が、鎌倉を見ているとよくわかるのです。鎌倉は緑が多いと言われますが、残っているのは里山ではなくて、放置しておいた証拠といえる照葉樹林の形が始まっているのです。子どものころに遊んだ小山へ登ってみたら、景色がとても悪くなっていました。木がどんどん茂って、昔見えた広い景色が見えなくなったからです。

広島あたりでは松枯《まつが》れが起こっています。赤くなって松が枯れていく。これが鎌倉で起こったのが実は昭和二〇年代の初めでした。若宮大路《わかみやおおじ》は松の並木でしたが、そのほとんどが枯れました。今、松は一《いち》の鳥居《とりい》の近辺にわずかに残っているだけですが、かつては八幡宮のほうまでずっとあったのです。その松がほとんどなくなった。

なぜ戦後すぐの昭和二〇年代にどっと松枯れが起こったのか。よく「松食い虫の被害」と言いますが、本当は、戦争中に人手がなくて山の手入れをしなくなったツケなのです。手入れをしないから下草がどんどん生え、湿気《しっけ》る。松は乾いたところに生えるので弱ってくる。弱れば虫がついて枯れるというわけです。

ではどうするか、答えは非常に簡単です。その山を使えばいい。つまり下草をしょっちゅう払っていればいいのです。これをやらないと、おそらく瀬戸内海のあの辺の風景は、やがて日本の原風景に戻っていくと私は思います。別に山に手を入れなくたっていいのですが、その見返りは必ずくると思います。

一周遅れのマラソンランナー

私が子どものころからの大きな変化というのは、田んぼがなくなっていったことと、それにともなって里山がなくなっていったことです。そして川が完全にダメになりました。日本の川はほとんど全部、人工の河川《かせん》に変わりました。土建業と国土交通省がいっしょになって、徹底的にドブ川にしたわけですが、それを治水《ちすい》と呼びました。

今、日本の中で、ダムがほとんどない唯一《ゆいいつ》の河川が高知県の四万十《しまんと》川です。広島の上下《じょうげ》という町へ行って町長さんと話をしたことがあります。町長さんが夏に子どもたちを四万十川へ連れて行きました。子どもたちは始めは嫌だ嫌だと言っていたのですが、舟遊びをさせてやった。家に帰ると、「お父さん、あれがいちばんよかった」と言っていたそうです。

町長さんですから、四万十川の自治体の人と話をした。そのとき上下の町長さんは「おたくは偉いですな」と言ったそうです。「何でですか」と答えるので、「いや、四万十川をきちんとこうやって保存して、きれいな川で昔どおり残しているのは立派ですね」と。すると「高知県はお金がないから工事ができなかっただけです」と言われたそうです。マラソンの一周遅れのランナーというのがありますが、時代の変化の速いときには、一周遅れているためにいちばん前に立てることがあるのです。

私も東大の医学部で解剖学の研究を始めたころは、「死んだ人の脳なんか調べて、今さらわかることありますか」と言われました。解剖学というのは四〇〇年も五〇〇年も歴史がありますから、玄人《くろうと》研究者でもそういうふうに見ている人がいました。私はそういう仕事をやってきましたが、一周遅れのおかげで、ずいぶん楽しい思いをさせていただきました。

カニやホタル

私はこれまでずっと鎌倉で育ってきましたが、幼稚園くらいの頃からよく海岸に行って遊んでいました。今でもよく覚えているのはカニのことです。

一つはコメツキガニで、このカニは砂浜に小さな穴を掘りますが、そのときに作る砂粒がすごくきれいなのです。よく見ないと気がつきませんが、砂が全部まん丸の粒になっている。カニ自体は小さくて一センチもないくらいですが、子どものころ、それをよくじっと眺めていました。そばへ行くとすっと穴の中へ入ってしまう。しーんとしていないと出てこない。出てきたのをよく見ると、何か一生懸命砂を丸めているのです。昭和四〇年代頃、滑川《なめりがわ》の河口で見かけたことがありますが、このカニはもう三浦半島にはほとんど残っていないと思います。

同じカニでももう一つ、アカテガニというのがいました。ベンケイガニと呼んでいましたが、滑川の石垣のすき間にいました。幼稚園や小学校が終わると、バケツと割り箸《ばし》一本持ってこのカニをとりに行く。割り箸で穴から追い出して捕まえるのです。このカニは鋏《はさみ》が大きいので挟《はさ》まれないように注意して、それでもバケツにいっぱいとっていました。このカニもいまでは一匹もいなくなりました。

滑川では魚もとりました。当時は道具も何にもなくてザルを持っていきました。ザルを持って行って、石を起こして下にいるハゼの仲間をとる。水がきれいならカジカの仲間もいたし、ウナギも出てきました。小さなウナギならザルでも取れましたが、大きいウナギだとザルに入ってもよじ登って逃げてしまう。

私は小町《こまち》に住んでいましたが、六月の末になって見に行くと、ゲンジボタルが琴弾《ことひき》橋《ばし》のあたりにたくさん飛んでいました。ヘイケボタルも田んぼのあるところにかなりいました。そんな川や田んぼが完全にダメになったのが、たぶん昭和四〇年代だと思います。

今の子どもを見ていると、私の頃とずいぶん違うなと思います。私の子ども時代は戦争中から戦後すぐで、大人が子どもをかまっている暇《ひま》がなかった。おかげで、学校が終わったら勝手気ままに子ども同士でどこかへ出かけて遊ぶことができました。遊ぶ空き地もたくさんありました。

サツマイモとカボチャ

私は鎌倉のハリス幼稚園に通いましたが、着るものは半ズボン、はくものは運動靴で、戦争中ですから穴があいています。ハリスはまだ私立だからよかったのですが、小学校に入ってから、時に母親が新しい靴など買ってきて、それをはいて学校へ行くと、帰りにはもうないのです。新しいのは誰かがはいて行ってしまう。そういう時代でした。それから、靴下もありませんから、当然素足です。あってもすぐ穴があいてしまいます。半ズボンで素足なので、冬は寒かったのですが、でもそれが当たり前だと思って暮らしていました。

食べるものはサツマイモとカボチャ。私たちの世代の人間に聞けばわかると思いますが、たいていの人がサツマイモとカボチャはもういらないと言います。一生食べる分、もう食べてしまったから。懐石料理によくサツマイモとカボチャが入っていますが、それだけは残すというのが我々の世代です。そういうふうに暮らして、やがて自分たちの子どもを育て一生懸命やってきました。

子どものものを削り取る

あるとき、鎌倉が変わってきたことに気がつきました。。私の中で最も印象に残っているのは現在の鎌倉市役所です。大学院を出てすぐのころだったと思いますが、市役所の建築工事が始まりました。この敷地には諏訪《すわ》神社があって池があったのですが、それをつぶしました。私が通った御成《おなり》小学校の敷地にずっとつながっていました。工事中の鎌倉市役所を見て、私ははっと気がついたのです。何を感じたかといえば、「子どものものを削って大人のものをつくる時代になったな」ということです。これは今でもよく覚えています。

ちょうど私がインターンのころで、フィラリアの検診に奄美《あまみ》大島《おおしま》へ行っていました。

奄美が日本に返還されて間もないころで、日本政府が奄美に対して特別にお金を出しました。では、そのお金を奄美の人々は何に使ったか。

当時の奄美には各集落をつなぐ道路がほとんどありませんでした。島の南半分へは古仁屋《こにや》という港から毎日午後二時になると一斉に各集落行きのポンポン船が出ていました。一日に一便です。そういう状態でした。そんな中で、人口何百人というそれぞれの集落に、政府のお金で全部鉄筋コンクリートの小学校をつくったのです。それが頭にあったので、鎌倉市というのは奄美とまったく逆のことをやっているなと思いました。

都市化と銀座

今になってみれば、もっと大きな全体の筋がはっきりとわかります。それは戦後の日本が何だったかということです。多くの人は民主化とか近代化とか、いろいろなことを言いますが、私はそれでは話がわかりにくいと思う。話の筋が見えない。戦後起こったことの本質をはっきり言えば、それは「都市化」なのです。

そう考えると、先ほど述べた鎌倉の変化もよくわかるし、市役所の問題もよくわかります。つまり、結局は日本は都市化したのです。私が子どもに毛が生えたころから日本中のまちに「銀座」ができました。何々銀座というのができた。これは何かというと、「私たちが住んでいるまちは田舎じゃないよ」という宣言ではなかったかと思います。鎌倉にも銀座ができたのです。

封建制、民主主義がどうのこうのといった戦後日本のスローガンは要するに建前でした。本音のところは「もう田舎には住みたくない、まちがいい」と言ったのではないかと思います。そして実際にどんどんまちに改造していった。

それは、人間が自分の考えたものの中、脳味噌《のうみそ》の中に住むということです。新宿の高層ビル、幕張《まくはり》、横浜のみなとみらい……、典型的な都市です。あそこに置いてあるものは本当に人間のつくったものだけです。都市には自然がない。見渡して人間がつくっていないのは観葉植物くらいでしょう。でも私はこういうものは「自然」とは言わない。人間が人工的につくったものを、かけがえのないものと私は呼びません。自然というのは人々がつくりえないもののことです。

都市の約束事

都市というのはじつは人間が考えたものしか置かないという約束のあるところです。自然の地面すら気に入らない。泥《どろ》があると気に入らないから、徹底的に舗装《ほそう》してしまうのです。

何でこんなに一生懸命舗装するのか。よく、雨が降ると泥がつくとか、天気になるとほこりがたつとか言われますが、それは嘘《うそ》です。泥だらけになるといっても、はきかえる靴はたくさん持っているし、服などいくらでもある。必要もないのに地面を徹底的に舗装する理由とは何か。要するに、泥が出ていると気に入らない。泥は人間がつくったものではないからです。私にはどうしてもそういう気がする。

人間のつくらなかったものは、全部気に入らないというのが都会の人です。まず第一に、人間の身体です。これは人間がつくってないもの、勝手にできてきた。だから、こういうものはないことにする、隠してしまう。だから私が脳味噌の標本を持って歩くと、みんなおかしな顔をする。隠れていたものが出てくると、びっくりするのです。

よく言うのですが、東京というのは一二〇〇万かの人間が住んでいるが、小指一本落ちてないではないか、と。小指一本落ちていないことが、はたして当たり前のことなのか、それとも、当たり前ではないのか。私はどちらかというと、当たり前ではないという感覚をもっているのですが、多くの人はそれで当たり前と思っている。

子どもという自然

都市化つまり自然を徹底的に排除することによっていちばん困るのが子どもではないかと思います。なぜか。子どもは自然だからです。社会や都市は人工、つまり人間の意識がつくったもの。この中に子どもは入れてもらえません。ある年齢にならなければ世の中に入れてもらえないのです。訓練が終わって人間の約束事がきちんと守れるようにならなければ、仲間に入れてもらえない。だから、自然である子どもの扱い方を見ると、逆に都市化の状況がわかるのです。

現代日本は、子どもの存在をますます認めなくなっている。そこで何が起こるかというと、さっさと大人になる子どもが出てきます。今の子どもは、なれるところはどんどん大人になろうとするので、口をきかせたらとてもかなわないくらいに生意気になっています。これは都市化とぴたりと符合しています。都市化すると子どもがませてくるのは、昔からよく知られています。ませてくるというのは、早く大人になるということをじつは子どもなりに実践しているのだと思います。だけど一方で、子どもはやっぱり自然ですから、大人にはとても追いつかない。いつまでたっても子どもの部分がきちんと残っているわけです。それなのに、大人は、結局は子どもに早く大人になることを要求している。それは子どもにとってまちがいなく、幸せではない。

セリエの遺言

子どもの将来を考えるときは、世の中にあまり合わせないほうがよいのです。大学の教師がよく言っていることですが、就職が典型的な例で、若い人に選ばせると、そのときに景気のいい企業に入りたがります。私が学生のころもそうでした。しかし当時は景気のよかった会社も、今ではどうしようもなく不景気なのです。四〇年、五〇年先など読めません。

いちばんいいのは、どういう時代になっても人間のすることを考えてみることです。これなら大体わかる。何がつぶれて何がつぶれないか、つまり、流行《はやり》とは何かということが何となくわかってくるはずです。

私自身何となく知っていたことですが、要するに「身についたものだけが財産だ」ということです。私の母は極端な人でしたが、そのことを私が医者になる前に話してくれました。ハンス・セリエというオーストリア生まれの医者がいます。ストレス、ストレス症候群という言葉はセリエがつくったものです。

この人はウィーン生まれで、お父さんはオーストリアの貴族でした。しかし第一次世界大戦が起こってオーストリア・ハンガリー帝国が分解してしまいます。今の小さなオーストリアになってしまった。セリエのお父さんは、先祖代々持っていた財産を失いました。亡《な》くなるときに息子に言った言葉が、「財産というのは自分の身についたものだけだ」です。それはお金でもないし、先祖代々の土地でもない。戦争があればなくなってしまう。しかし、もし財産というものがあるとしたら、それはお墓に持っていけるものだ、と。

お墓に持っていけるものというのは自分の身についたものです。家も持っていけませんし、土地もお金も持っていけません。自分の身についた技術は墓に持っていける、だからそれが自分の財産だというのです。かけがえのない経験、かけがえのない財産と言われるものです。

お墓に持っていけるもの

きびしく激しい社会的な変化を受けた時代を生き抜いてきた人は、みんな同じことを言うようです。私の母もそうで、関東大震災も戦争も通ってきました。そういう修《しゅ》羅場《らば》を通った人は、やっぱり財産は身についたものだけと考えるようです。今の若い人はよくお金のことを言いますが、こういう物事の核心は、極端な状況を通らないとなかなかわからないようです。セリエのお父さんが墓に持っていけるのが自分の財産だと言ったように、やっぱり身についたものだけが財産です。

今の若い人は全然違うことを考えているような気がします。たとえば大学で中堅どころ、二〇代、三〇代の人がいつも考えているのは「いかにして自分のポジション、社会的な位置を確保するか」です。これは大変に気の毒なことです。

私のころは、そんなことは考えませんでした。医学部を出ても解剖学なんかやったら食えないよというのが世間の通り相場でした。しかし食えないところで何とか生き延びているのですから、それだけでありがたいと思っていました。これ以上どうとか考えないで済んでいました。

奨学金の矛盾

戦後の日本社会は必死になって過去を否定してきたという側面があります。おそらく個人についてもその傾向が強いと思います。しかしそれで話がすむはずはありません。時代の変化を追いかける必要性を私は否定しませんが、時代を超えてもなお変わらない大切なものはたくさんあるのです。問題はそれに気がついていない人が多いことです。

たとえば本田宗一郎《ほんだそういちろう》や松下幸之助《まつしたこうのすけ》に限らず、苦学して偉くなり、お金持ちになった人がたくさんいます。そういう人がよく奨学金をつくります。そして、その理由に「自分は若いときに苦学して大変だったから、若い人が勉強をするために奨学金を出してやる」というのがあります。へそ曲がりと思われるかもしれませんが、私はこれはおかしいと思います。自分が貧乏して苦労して偉くなったのなら、なぜ「若い者も俺と同じように苦労しろ」と言わないのでしょうか。お金をあげて楽をさせたら若い人はよくなると思っているのでしょうか。

少なくとも私どもの世代は、自分が育った育ち方をよしとしていない。ここに大きな隔たりがあるのです。カボチャとサツマイモと半ズボンはよろしくなかった。だから子どもには冷蔵庫をあければいつでも食べ物が出てくるようにしてやった。

じつはこのあたりに重要なポイントがあると思います。この問題は案外深刻です。親の世代が、子どもに自分の育った環境とまったく違う環境を与えてしまっているからです。過去の自分を否定して子どもに自分と違うことをやらせているわけですから、これでは親が子どもの教育ができなくて、当たり前です。子どもにしてみればわけがわからない。大げさに言えば、このような影響はさまざまな局面に関わっていると思います。

過去を否定してはならない

たとえば外交で、世界遺産に広島の原爆ドームが登録されたときの話です。日本の代表がどういう根回しをしたか――。じつに、原爆ドームを世界遺産に選ぶことの意味づけについて一切議論しないでくれ、という根回しをしたのです。それに対して、中国とアメリカが態度を保留した。日本はどういうつもりで、どういう意味合いで原爆ドームを保存しようとするのか、と。日本は核兵器反対とかを正面に出したくないのでやったと思いますが、極めて日本型です。問題を明確にしないで、ともかく登録するという目的だけを達成させたのです。

中国や韓国は日本の歴史観に注文をつけています。しかし、歴史に関する議論というのは立場が違えばまったく異なるのが常ですし、ものの考え方、とらえ方も違う。

ところがここでも、日本は違いや問題を明確にしようとしません。ここに重大な落とし穴があります。つまり、自分の過去を否定してしまった人は、他人にどうしろと言えなくなるのです。それが歴史観の問題につながります。

この話を進めると、日本という国がどういうふうに動いてきたか、それをどういうふうに把握するか、きちんとものを言えなくなるのです。そんなやり方で育てられた子どものほうが、逆に今、「親父《おやじ》たちはちょっとおかしいんじゃないか」と言い出している。

これは大変奇妙な話です。そもそも、自分自身の育ちを肯定するのかしないのかというのがまず前提になければいけない。それをうっかりというか意図的に否定してきたのが現代日本です。この国がわけがわからなくなって混乱しているのは当然だと私は思います。

終章　意識からの脱出

「かけがえのないもの」についていろいろと述べてきましたが、最後にもう一度、全体の内容を少し組み替えて要点をお話ししてみたいと思います。

GNPでなくGNH、(ハッピネス=幸福)

仕事でブータンに行ったことがあります。ブータンでは今もまだ車がほとんど使われておらず、荷物運びは馬でやっています。これは私が子どものころの鎌倉の町とそっくりです。牛馬が町を歩き回っていて、牛ふん、馬ふんを踏まないように歩く技術は、子どものころ身につけていました。しかしブータンに行って最初に踏んづけてしまい、それから思い出して気をつけて歩きました。

ブータンでは貨幣経済もまだよく浸透していません。要するに農村です。町といっても一番大きな町が人口二万人なので、日本でいうと村ぐらいにしか見えません。テレビもテレビ放送もない。国策としてテレビをやらないのです。

ブータンの国王は若くておもしろい人で、「わが国の方針はGNHだ」と言っています。日本はGNP(グロス・ナショナル・プロダクト=国民総生産)ですが、ブー

タンはグロス・ナショナル・ハッピネス（国民総幸福）を追求するというのです。あ
あいうところへ行くと、まず気分がのんびりして体に大変いい。東京に戻ると体の具合が悪くなる。何人かの人が一緒に行きましたが、東京にいるとどこか具合が悪いがブータンに来ると治る、と言っていました。

これはいったい何か――。日本の近代化という言葉がありますが、よく考えてみると何が近代化なのかよくわからないところがある。私はむしろ「戦後の日本の特徴は都市化であった」と言ったほうがいいと思っています。このほうがはるかに具体的に話がわかる。

暗黙のルール

都市とはどういうものか。図に描けば、四角の中に人が住むところです。日本で最も古い形の都市も、吉野《よしの》ケ里《がり》のような堀で囲まれた空間です。それがきちんと成立するのが平城京や平安京。不思議なことに日本では城郭を置いていませんが、大陸諸国では必ず周辺を城郭で囲っていて、その内部が都市なのです。

ヨーロッパでは中世に典型的な城郭都市ができて、それが現在でもたくさん残って

います。こういう町を訪問した人が、非常に古い町なのに道路が敷石で全部舗装されていると感心する。

しかし感心などすることはない。これがじつは都市のルールだからです。私はそう考えています。都市という四角の中には自然のものは置かない、というルール。自然は排除されます。たとえ木があっても、それは人が植えたもの、しつらえたものです。都市という空間をそういうふうにとらえると、いろいろなことがよく理解できるはずです。

近代日本の場合、この島全体を都市と見なす傾向をもっていたのではないか。それを中央集権化とか、近代化とか、いろいろと表現してきました。

四角で囲まれた空間の中では自然は排除されますが、その代わりに置かれるのが人工物です。つまり私たちが考え出したものです。意識的、意図的に置いたもの。そういうルールの世界なので、都市化が進行すると何が起こるかは、比較的簡単に読めるのです。要するに、意識されないものはそこには置いてはいけない、ということです。

たとえば建物がそうです。建物は人が完全に意識的につくり上げたものです。設計してつくられたものだから、もともとは設計者の頭の中にあったものでした。それが設計図として表現され、その設計図に従ってつくられたのです。だから、建物は、じつは建築家や内装を考えた人の脳の中、頭の中そのものです。そこではすべてが意識化されているので、予期せざる出来事は起こらないことになっているのです。

もし予期せぬことが起これば、不祥事と見なされます。講演をしていて、ゴキブリが私の足元に出てきたことがありました。これは典型的な不祥事です。つまりゴキブリはこういう空間には出てきてはいけないのであって、なぜいけないかというとそれは自然のものだからです。

設計者、内装者はそこにゴキブリが出てくることを全然計算に入れていないので、それはあってはならないものです。そういうものが出てくると大の男が目をつり上げて追いかけていって踏みつぶす。都市空間では自然の排除という原則がいかに強く貫徹しているかを私は再認識しました。

外は異境異界

人工空間は世界中どこでもまったく同じ性質を持っています。城壁で囲うというのは案外利口な知恵ではないかと思います。この中だけですよ、という約束事が成り立つからです。ちょっとでも外へ出れば自然が始まり、離れれば離れるほど自然が強くなっていきます。

つまり都市の中はすべてが人の意識でコントロールできる世界ですが、外に行くと意識でコントロールできない部分が次第にふえていって、最終的に完全にコントロールできない世界、すなわち自然が出現してくるわけです。

ヨーロッパの場合、コントロールできない世界が、森でした。現在の西ヨーロッパの歴史はじつは森林を削ってきた歴史です。一九世紀の終わりにはヨーロッパは森を削り終わりました。ポーランドに森林性の野牛が最後に生き残っていたのが一九世紀の末です。

そういう形で森を削っていったわけですが、森に住む人というのも当然いたのです。グリム童話を読めばすぐわかりますが、中世の森に住んでいた人たちは魔物《まもの》として登場します。つまり、ヘンゼルとグレーテルの魔女は森に住んでいるし、赤ずきんちゃんのオオカミは人の言葉を話すのです。

森に住む人は都市に住む人とまったく違うルールで生きています。おとぎ話を書き残すのは都市の人なので、彼らにしてみれば、森に住む人たちは人ではなく魔物にしか見えません。

そう考えると都市のルールというのは世界中どこでも同じ、歴史上どこでも同じように見えてきます。

都市の中で、やむをえず発生する自然があります。九五年に神戸で地震がありましたが、日本の場合には震災とか台風などの自然災害です。そういう予期せざる出来事をもたらす自然が、都市の中にどうしても存在してしまう。

鎌倉時代の人の自然

どうしても存在する自然はまだあって、じつは私たちそのもの、人間の身体がそうです。都市でいちばん困るのが死んだ人です。死んだ人が発生すると、どう扱っていいかわからない。亡《な》くなると人はやがて土に返る、すなわち自然に戻っていきますが、都市の中で暮らしていると「土に返る」という観念がないので、自然に戻るところでうろたえてしまう。だから、そこにさまざまなタブーを置いて、そこから先は考えないという形で仕切りをつくっているのです。

ちょうど心の中に城郭をつくるのと同じことで、その外は無視する、考えないことにするのです。

中世の文献を読むと、こんな現代とはまったく違った世界があることがわかります。

たとえば『平家物語』を読むと話がまったく違う。あそこに登場する人たちは、直接に人の自然を見ているような気がします。

平重盛《たいらのしげもり》がまだ四〇代で病気になって、どうも危ない。それを親父《おやじ》の清盛《きよもり》が心配して、中国からいい医者が来ているので、当時の福原（神戸）から京都に行かせるので、診《み》てもらえというのを、重盛が断ります。自分の寿命を知っているからだと思いますが、そんな必要はないと言うのです。

注意して読めば、こんな話からでも中世と近世のはっきりした違いが見えてくる。中世の人たちはまだまだ囲いが穴だらけの中に暮らしていたが、近世つまり江戸以降は、日本人は完全にこの城郭の中に住むようになったということです。

古代宮廷人は現代人

中世と近世の二つの常識の違いは、日本では極端に出ているような気がします。乱暴な言い方をすると、縄文《じょうもん》の人たちはまさに自然と折り合って暮らしていましたが、弥生《やよい》時代になると吉野ヶ里に見るようにまず堀を掘って、その中の空間に住むようになります。それが完成するのがおそらく平城京、平安京という古代です。古代の人は中世の人とは違って、私どもに近い感覚を持っています。『平家物語』の終わりのほうに出てくる話ですが、義経《よしつね》と範頼《のりより》が壇の浦で平家を滅ぼして、大勢の平家の公達《きんだち》の首を持って帰ってくる。そして京都でそれをさらし首にするという。後白河法皇《ごしらかわほうおう》を中心にした朝廷《ちょうてい》があるので、そこの公家《くげ》たちがさらし首を許すか許さないか議論する。そして、してもらっては困るという結論を出します。

宮廷の人たちはいわば都会人、私たちと同じ人々なので、さらし首などとんでもないと言う。しかし義経と範頼は断固として聞かない。しないなら我々が何のために戦ったかわからん、というような感じでさらし首を強行しました。

こうしたところに中世の人間と古代人の末裔《まつえい》たる宮廷人の違いが、非常にはっきりと出ているような気がします。現在さらし首をやれば、おそらく大変な物議をかもすだろうと思います。それがはっきりしているということは、私たちの感性と当時の宮廷人の感性は同じものだということです。なぜ同じかと言えばそれは都会人だからだと私は思います。

自然と共存する仏教

　そういうふうな目で東南アジアを見てみるとおもしろいことがわかります。アジアには大きな中心が二つあって、一つが中国、もう一つがインドです。この中で仏教国として残っているのはどこかといえば、ヒマラヤの南のブータン、インドの南端のスリランカがあって、タイ、カンボジア、ミャンマー（ビルマ）、あるいはベトナムです。そして東の端の日本。あとはチベットです。これでよくわかるのは、仏教が生き残っているところはみんなアジアの辺縁だということです。このような周辺地域には同時に自然が残っています。

　仏教というのはおもしろい宗教で、自然なり森なりと共存しないとうまくいかない。戦後に新興宗教がいくつも登場しましたが、仏教系の都市型の宗教は難しい問題を起こしているように思われます。九五年にオウム真理教問題がありましたが、あれも私は都市化した仏教の問題ではないかと思います。

　都市の思想と自然の思想がその仏教の中でどういうふうに折り合うのか、そこに難しい面があるのだろうと思います。中国でもベトナムでもそうですが、都市化すると仏教が変質していく。私は鎌倉に住んでいますが、日本型の仏教として成立したのが鎌倉仏教です。これは中世の初めです。中世というのは、先ほど述べたように人の自然というものが正面に出てくる時代です。そうした時代の変化に呼応して仏教の形も変わっていった。

戦後非常に大きくなったのが創価学会ですが、都市型の仏教がうまく成立するのかどうか、よくわからないところがあります。鎌倉の町を歩くとわかりますが、日蓮宗《にちれん》のお寺は、妙本寺という唯一《ゆいいつ》の例外を除いてすべて町なかにあるという特徴を持っています。浄土真宗もそうかもしれません。ところが多くの禅宗のお寺は山にあります。このコントラストは私は子どものころから気づいていて、ずいぶんおもしろいなと思っていました。世界的な仏教の分布とも何か関係するような気がします。

昆虫の合目的《ごうもくてき》的行動

都市の中の人間の行動というのは、すべてが合目的的な行動です。ある目的があって、それにそった行動しかしない。たとえば昆虫採集など「好きだからやっている」と言うしかないのですが、そんな行動は何となく許されない。なぜ昆虫採集をするのか、それに対して意識的な答えを持っていなければならないのです。

そういうのが合目的的な行動です。意識的な世界では、ある目的のために何かをするということが常に優先する。ところが、奇妙な話ですが、昆虫もまた非常にしっかりと合目的的な行動をするのです。

たまたま芝生を見ていたら、カマキリがミツバチをつかまえている場面に出くわしました。かまでボンとつかまえて、捕らえたミツバチをそのまま体に近寄せるとちょうど腹の部分が口のところに来て、そこをかじる。かじったミツバチは捨ててしまう。あたりに腹に穴のあいたミツバチが二、三匹捨ててありました。ミツバチの蜜《みつ》の袋だけ食っていたのです。どうやらカマキリは自分が何を食うのか、よくわかっているらしい。

友達は「甘党のカマキリなんだろう」と笑うのですが、非常に不思議です。ハチもいろいろな種類があるのに、カマキリはこれがミツバチだとわかっているに違いない。そして自分の食いたい場所がどこかもわかっている。しかし、それを考えてやっているとは思えない。

ノイローゼになる人間

そもそもカマキリの脳味噌《のうみそ》など顕微鏡でなければ見えないくらい小さなものであって、とてもそんな高級なことを考えているとは思えない。だとすると、この合目的的行動は本能なのです。

カマキリの行動には本当に感心します。ミツバチだって反抗してカマキリにかみつこうとします。しかし頭が直角方向を向いているので、かみつけない。刺そうとしても向きがまったく違うので刺せない。そしてカマキリはミツバチの食いたいところだけを食う。じつに見事な行動です。

もしも人間がカマキリと同じような行動をするとしたら、今私が説明したように考えるわけです。こうすればかみつかれないな、刺されないな、食いたいところがいちばん簡単に食えるな……と考えていく。さんざん考えた挙げ句の果てにノイローゼになったりする。しかしカマキリは全然考えないで一発でこれを実行できる。そういうのを見ていると、人間が偉いのか虫が偉いのか、よくわからなくなってきますが、ともかくこういう行動を合目的的行動といいます。

ああすればこうなるという考え方は、じつは昆虫がやっている合目的的行動を人間が意識的にやるときの考え方なのです。

ゴキブリと近代文明

極論すれば、現代人は、ああすればこうなるという合目的的行動だけしかやっていない。これ以外のことをやると、バカではないかと思われる。目的などなく何のためにするのかよくわからない、と言っても通用しません。

親や学校の先生は、子どもたちにこの目的というものを押しつけているのではないかと私は思う。子どもだった私がしゃがんで犬のふんに来る虫を見ていても、目的がないから普通の人は「この子は何にもしていない」と考えるのです。

都市化というのは徹底的に人間の意識が優先していく世界です。意識の中にないことはなくなっていく世界なのです。そして私たちは、基本的に意識の世界に住み着くというクセをつけてしまった。

こんな世界でゆとりがなくなっていくのは、私から見れば当たり前です。そもそも人間というのは意識だけでできているわけではないのです。

意識にとって不都合なのがゴキブリです。私はあのゴキブリを追っかける異様な執念に興味がある。どうしてあんなか弱い生き物が気に入らないのか——。その裏には何か根の深いものがある。もしゴキブリのような存在を容認すると、自分たちが意識によって作り上げてきた近代文明、高度先進社会というものが、根こそぎ否定されると思っているのではないか。すなわちゴキブリは自然の象徴になっているということです。

予定通りにならない人生

航空機を乗り継ぐためにバンコクに着いた段階で、ブータンのビザがまだおりていないことがわかり、バンコクで遊ぶことになりました。

そこで医学部の同級生だったタイ人の友人を呼び出して食事をしました。「一晩いるだけなら声をかけなかったんだけど、ビザが出ずに三日いなければならないのでつき合ってくれ」と。そして「予定が狂ってしまって……」と言うと、「日本人はすぐそれだからねえ。人生予定通りじゃあ、おもしろくもおかしくもないじゃないの」と言われてしまいました。

同じ都会に住んでいる人間でも、バンコクあたりまで行くと大分違っているようです。まだ意識がすべてだというふうには思っていないことがよくわかります。

この「予定通りだったら人生おもしろくない」というのは、都市のもう一つの大きな問題点を示しています。それが「時間」です。

都市にいるとむやみに忙しい。かつて仙台におられた先輩に講義をお願いして来ていただいたときの話です。ご本人は日本橋出身の下町っ子ですが仙台のほうが長い。その人が言っておられたのは、東京ではなぜみんなこんなに速く歩くのだろう。仙台の人はもっとゆっくり歩いている。

手帳に書かれた現在

これは間違いなくそうです。台湾の田舎に行って店の奥で汗かきながらそばを食べていたら、のれんの下から通りを歩いている人の足が見えました。その足なんか、完全にスローモーションで動いているという感じです。暑いところで汗をかかないようにゆっくり動いています。それが東京では猛烈な勢いで歩く。

では、過去現在未来という時間は都市ではどうなるか。私は、手帳に書かれた予定表が、現在だと考えています。都知事になった青島幸男《ゆきお》さんが都市博をやめると言い出したとき、直ちにいろんな騒動が起こったわけですが、未来の話なのに現在から準備がどんどん進行していたからです。このように都市における未来はすでに現在に組み込まれているのです。

予定は私の未来の行動を拘束します。数カ月前から私自身の行動を拘束しますから、それはもう現在と考えるべきでしょう。つまり意識化された予定というものが現在なのだということに気がつきます。

未来の素晴らしさ

それではいったい未来とは何か——。漠然とした不確定な何ともわからないのが未来なのです。

しかし、考えなければいけないのは子どもです。子どもが唯一持っている大事なものが、どうなるかわからない漠然とした将来だからです。それが子どもの財産なのです。子どもは能力もないし、財産もないし、地位も力もない。彼らが唯一持っているのは、幸福とも不幸ともわからない何ともわからない未来です。そのことを忘れてはいけません。

ところが都市というものは、すべてを意識化して未来を徹底的に食いつくしていく。今の子どもは急速に都市に食われていっているのです。

このことをきちんと指摘したのがミハエル・エンデの『モモ』だったのです。おもしろいのは、こういう話をすると若い人が「先生、それならどうしたらいいのですか」と聞いてくることです。どうしたらいいのですかという質問が出ること自体、すべてがああすればこうなるというふうに解決できると思いこんでいるということです。私はそういう学生に、「君の質問自体がすでにそうした考え方を表わしているのだよ」と話します。

いまの若い人がああすればこうなるで物を考えているということがよくわかります。これでは、ゆとりも何もあったものではない。意識にすき間があいていて、その壊れた入り口からいろんなものが入っていってくれないと困ります。特に若いうちにです。それがゆとりの状態、つまりゆるやかであること。若い人たちがこのまま年をとったらどんなに固い頭になってしまうのか、私は非常に心配になります。

無意識という大きな世界

意識を信用する人間は無意識、すなわち自然を信用しなくなるようです。人はいずれ何かの病気で死ぬのは間違いない。そしたらそれは徹底的に信用していいわけですが、なぜか信用しない。そのかわりに会社をクビになるほうを心配している。会社をクビになるのが心配で仕方ないということは、意識のほうを信用しているということです。

ところが会社なんて人間が意識してつくったものにすぎません。ですから、若い人に「人間のつくったものは信用するな」と言いたいのです。今の世の中はすべてが人間のつくったものばかりです。テレビもそう、学校や法律などもそうです。人が作ったものでないもの、先ほど例にあげたカマキリは、ある意味で信用がおけるわけです。考えてやっていないから、いつでもそうする。考えてやることは信用がおけません。いつも同じことをするとは限らないからです。

日本の戦後六〇年は、私たちがいかに徹底的に、意識の中に住み着いていったかを示す歴史です。それに気づかされるのが、たとえばブータンに行ってみたときです。

タイに行ってもそうですし、ベトナムへ行ってももちろんで、私たちが何を置き忘れてきたかを感じるのです。

無意識の世界というのは確かに怖いのですが、一方で、若い人がそれを潜在的に要求していることも、オウム真理教の事件を見るとわかります。無意識ということを下手に意識化しようとするからああいうことになる。ふだんから無意識というものに気がついていれば、あそこまで極端にはならなかったはずです。

死語の背景

無意識というのは短く言えば身体のことです。オウム真理教の人たちはヨーガから入っています。身体から入って、抜けたところがとんでもないところでした。

身体から入って出ていく時代はまさに中世だったのです。中世というのは近世の人から見れば乱世です。ですから、江戸時代に入って日本人は前の時代の乱世を徹底的に否定しました。『忠臣蔵』を見るとよくわかりますが、浅野《あさの》内匠頭《たくみのかみ》は切腹です。なぜ切腹か――。江戸城内では侍は二本差しはダメ、脇差《わきざ》ししか差してはいけない。内匠頭はそれだけ規制している脇差しを抜いてしまった。鞘《さや》ばしったのだから切腹しかありません。そのくらいに暴力をきつく統制した。これは戦後の日本によく似ています。「暴力はいけない」でやってきた。それはそれで結構ですが、それには背景があるのです。しかし二代目、三代目になるとその背景のほうをすっかり落としてしまう。背景がなくなると、それがなぜそこに立っているのかがわからなくなります。死語になっていく可能性だってある。すると逆にその無意識の危険性に気がつかなくなってしまうのです。

ブータンと日本の交換留学

私がブータンへ行っていちばん思ったのは、ここの小学校の生徒と日本の小学校の生徒を一学期でも一年でもいいから取りかえてみたらどうかということです。交換留学です。向こうの子どもにはかわいそうですが、いずれ都市化せざるをえないとすれば、いまの日本を知っておくのも悪いことではない。同時に私が小学校時代に育ったような生活を今の日本の子どもに経験させるのは悪いことではないだろうと思います。

それは自分が育ってきた時代というものを振り返ってみて、けっして悪くなかったと思うからです。今考えればひどい時代でしたが、はるかに幸せだったような気がします。大人はそれこそ食物を手に入れるために必死でしたから、子どもの面倒なんか見ている暇がなかった。だから子どもは勝手に遊んでいました。子どもに対する社会の圧力というものがなかったように思います。

意識からの脱出

私が申し上げたいのは、波や地面、虫など何でもいいのですが、人間が意識してつくったものでないものを、一日に一回、十五分でも結構ですから、見てほしいということです。

たとえば一本一本の木を見るとよいのです。その木の葉っぱがどういう規則で並んでいるかを考えてみてください。太陽は東から昇り西に沈んでいきますが、わずかずつその軌跡をはずれていきます。葉っぱの一枚一枚は、お互いに蔭《かげ》にならず、日照時間が最大になるように配列されているはずです。

このように人間がつくっていないものや事象もそれなりに意味があって、存在・活動しています。これらを観察し、みずからの解答を探し出すようにしていただきたい。

そういう生活、考え方が基本的にはゆとりを生んでいくのではないかと思います。

意識の中に閉じこもることをやめれば、時間的な余裕も生まれてくるのです。そこから、かけがえのない未来もひらけていくように思います。

あとがき

この本の内容は、ここ十年ほどあちこちで講演した話を集めて、白日社でまとめてくれたものである。私の本をすでに読んでくださっている読者は、同じことをいっているとおわかりであろう。それは当然で、私が考えていることだからである。

まとめなおして読んでみると、自分でも話が同じだと思う。別な表現をすれば、一貫しているということでもある。現代社会が意識の世界であり、それは都市化だということ、それに対して身体をどうするか、それは実行の問題だということ、その種の「あたりまえ」を私はひたすら説いてきたように思う。

いまでもよく講演をする。「そういう見方もあるかと思いました」。私の講演を聞いた人がよくこういう感想をいう。それならその人は、これまでどういう見方をしていたのだろうか。

私は自分の著作を自分の頭の整理だという。自分の頭なら、自分で本を書きながら整理できるが、他人の頭の整理はできない。それはそれぞれの個人がするしかない。そこがだんだん心もとなく思われてきた。

そうかといって、俺のいうことが正しい、俺のいうことを聞け。そんなことをいう気はない。私は政治が嫌いだが、それは政治にはしばしばそれが出るからである。自分は正しい、あいつは間違っている。だから戦争をして、相手を殺す。規模は小さいが、テロもそれに似ている。そこで次にはテロ反対と称して、もっと大規模に人を殺す。じつは正気の沙汰《さた》とは思えないが、それを人間はあえてする。それには裏の理由があるはずである。

それを追求するのが学問だと思うが、私が知っていた学問は、論文を書くことに専念する世界だった。それはそれで間違っていない。しかし、間違ってないことだけを自分がしていても、世の中全体が間違ってしまうこともある。世の中全体が間違っているときに、自分は正しいことをしていますというのも、変なものである。そんなふうに思っているうちに、講演をし、本を書くという生活になってしまった。

それが理想かというなら、とんでもない。この本でも述べたことだが、人生の基本は自然で、それなら虫捕りが私の性に合っている。山の中をウロウロ歩き回って、適当に虫を拾っていれば、それで満足なのである。ところが世の中は、虫を捕るようにはできていない。そんなことをしたって、それこそ一文にもならない。そんなことなら、子供の頃からよく心得ている。虫捕りにかまけて、試験勉強をしないと、親にも先生にも叱《しか》られる。その癖がきちんとついているから、還暦を過ぎても、つい試験勉強だけはする。それがこういう本になる。

このところ自分の本がいろいろ出すぎたから、自分でももう見たくない。かなり前から白日社がゲラを用意してくれたのだが、読みたくないのである。頭の整理はもう済んで、それをすでに吐き出して、中身はすでに空である。やっとの思いで読み直して、わずかに訂正して、こうなった。私の考えがかいつまんでまとめてあるから、私がなにを考えているか、全体の概略を知りたい人には便利かもしれない。主題は自然と人工、つまり田舎と都会、個人でいうなら頭とからだ、つまり心と身体である。

「そんな見方もありましたか」。そういう感想をいってくださった方には、本当に感謝している。でもさらに本音をいうなら、そうでない見方って、どんな見方か、ちょっと出してみてよ、といいたいのである。大づかみで世界や人間の概略を書く。それは日本の人は苦手らしい。うっかり書くと、大風《おおぶ》呂《ろ》敷《しき》だといわれる。

過去の政治家でそういわれたのは、後藤新平である。とくに女性に申し上げたい。日本女性の平均寿命が延びだしたのは、統計によれば大正八、九年ころからだという。元建設省河川局長の竹村公太郎氏が詳しいデータを示しておられる。寿命が延びた理由はなにか。大風呂敷といわれた後藤新平が、まず東京市から水道の塩素消毒を始めたからである。以後、女性の寿命はひたすら延びっぱなしである。なにがいいたいか。女性は後藤新平の銅像を建てたか、である。それだけ大きな業績でも、知らなければわからない。「元始、女性は太陽であった」かもしれないが、日本女性の寿命を延ばしたのは、まず後藤新平である。そんなこと、学校では教えてくれない。自分でものを考えることを、一人でも多くの読者がしてくださるようになれば、それは著者の望外の幸福である。

二〇〇四年七月

解説「自然を『手入れ』する」

玄侑宗久

最近は「かけがえのない」という言葉をよく耳にするのだが、お題目のように聞こえて仕方がなかった。「かけがえのない」あなたなどと褒めたてながら、一方では「掛け替え自由」な派遣会社が繁昌《はんじょう》し、個人を掛け替えてもまったく困らない制度がどんどん作られている。一国の首相もすぐに掛け替えになるご時世である。

養老先生が『かけがえのないもの』を書かれていると聞いて、一瞬私は驚いた。しかし一読してすぐに納得した。そこで描かれているのは、まさに禅が「龍《りゅう》」として扱う、正真正銘の自然のことだったからである。

古来人間は、自然に人為を加えることに、ある種の喜びと同時に不安や懼《おそ》れを感じてきた。中国における儒学と老荘思想との併行は、この喜びと不安の共存性を意味している。

孔子が仁義を説けば老子は「大道廃《すた》れて仁義あり」とつっかかり、それは人為だと批判して「無為」なる「道」を標榜《ひょうぼう》した。荘子はさらにそれを「自然」とも「渾沌《こんとん》」とも呼んで援護したのである。

仏教が中国に来た当初の翻訳では、いわゆる「さとり」が「無為」と訳され、ブッダは「大覚」という『荘子』の言葉で訳された。明らかに仏教は老荘寄りの人々によって積極的に受け容《い》れられたのだろう。

禅はこの流れに沿って成立する。つまり、人為に不安を覚え、「渾沌」を擁護する老荘的立場のほうである。

養老先生も、明らかにその立場から「かけがえのないもの」の重要さを説かれる。簡単に申し上げると、それは荘子の云《い》った「自然」そのものだろう。先生は「人間が設計しなかったもの、それが自然の定義」だとおっしゃる。だからそれは、人間の身体でもあり、また無意識も含まれてくる。本当は、恐ろしいものなのである。

私は痴呆《ちほう》症の人の物語を『龍の棲《す》む家』と題して書いた。ここで龍とは、人間の自然の、制御できない恐ろしさの象徴である。人間のすべてが分かり、管理できると思い込んでいる人々にとって、それは地震や雷以上に恐ろしいものではないだろうか。

自然は恐ろしいから、人は「みなしをかける」と先生はおっしゃる。人為的に同じものと見なすことで、いわゆる福祉という職業も成り立つ。先生によれば、医療保険制度も、また臓器移植という発想もそこから出てくる、ということになる。恐ろしいものの一つに「未来」がある。これもどうなるか分からないという意味では間違いなく自然である。

先生は、子供たちにあるのは唯一《ゆいいつ》この「未来」だけだとおっしゃる。恐ろしいけれど、楽しみ。楽しみだけれど、不安。じつはこの鬩《せめ》ぎ合いは、あらゆる未来について回るものだ。そしてその際、未来の恐ろしさをとにかく回避したい人々と、成り行きに任せる人々とが先に挙げた二つの流れに分かれるのである。

成り行きに任せるというと、なんだか優柔不断に聞こえるかもしれないが、これはじつは勇気の要ることだ。少なくとも、どんな事態にも対応する覚悟が求められるだろう。これがいわば老荘の人々の覚悟であり、また仏教の観音の思想でもある。観音が三十三に変化するというのは、あらゆるタイプの苦悩に対応するのはもちろんだが、未知なる未来をとにかくすべて受けとめようという表現なのである。先生は、間違いなくこちら側だから、養老観音など祀《まつ》れば、きっと霊験《れいげん》もあらたかなはずである。

一方、未来の恐ろしさをシャニムニ回避しようとする人々は、さまざまな計画を立て、万一に備えて「二度とこのようなことが起こらないように」と準備万端制度もととのえることだろう。これが儒家の管理思考と云える。シャニムニとシャカムニは一字違いで大違いなのである。

明らかに現代日本は後者のほうだが、儒家の思考というより、むしろエデンの園を追放された人々を管理するやり方の真似《まね》、つまり単に欧米のシステム移入のせいも大きいのだろう。とにかく計画や目標が重視され、それは「取らぬ狸《たぬき》のなんとか」とじつは大差ないのだが、とても立派なこととしてしっかり教育もなされている。

しかしこれ、じつはどんな未来でも受けとめる、という勇気や覚悟がもてない、ということではないだろうか。

老荘のように成り行きに任せる人々の場合、勇気と覚悟によって「案ずるより産むが易《やす》し」という楽観を生みだし、どんな未来も自ら変化しつつ楽しんでいこうとする。しかししっかり目標を立てて進む人々は、子供が成人するまでの養育費や学費、旦那《だんな》の収入の予想増加額までシミュレーションした挙げ句、「やっぱり無理だから堕《お》ろそう」となるのである。儒家と老荘が最も違うのが、この未来の扱い方と云えるだろう。

未来という自然の受け止め方は、死において最もはっきりする。葬送の儀礼にこだわる人々は、死という自然までも、想定内の人為にしてしまいたいのである。

釈尊が死後のことを訊《き》かれ、一言も答えなかったという「無記」の意味することは、未来は分からないのだから分からないままに進め、ということではなかっただろうか。その勇気さえあれば、インフォームド・コンセントも不要なはずなのである。

禅は、過去はもちろん未来への杞憂《きゆう》も捨てよ、という意味で「前後際断」と云う。明らかに自然に親和する老荘の後裔《こうえい》なのである。

ずいぶん話が逸《そ》れてしまったが、要するに養老先生は、「手帳に書かれた現在」という巧みな言い方で未来を現在に組み込むことを諫《いさ》め、また子供たちの未来についても、大人とは別な大いなる自然として老子のように尊重する。

以前私は、養老先生のことを「君子性と赤子性を併せもつ方」と書いた覚えがあるが、今回はそこに「禅的」という言葉を加えたくなった。

先生は、「自然というものはもともとわからないのが当たり前です。宗教はその『わからない』を教えてきたものではないか」とおっしゃる。私はまったく同感だが、これはどう見ても、宗教全般に通じる理屈ではない。少なくとも、アブラハムの宗教には当てはまらないのではないだろうか。

こういう限定をすると、ジェネラルな先生には迷惑かもしれないけれど、先生のおっしゃる宗教とは、おそらく仏教、とりわけ禅なのである。

禅寺が天井などに龍を描くのは、まさに先生のおっしゃる「自然のわからなさ」を示すためだ。しかも禅はそれを味方につけようとする。ドラゴンを悪魔の手先と見て退治しようとする西欧の宗教とは、自然に対するスタンスが全く違うと云えるだろう。本当に、養老先生のお話はいつのまにか仏教的、禅的になっているから、我々はいつも漁夫の利にあずかっているのである。

禅が非常に盛んだった唐代から読み続けられているお経に『金剛般若経《こんごうはんにゃきょう》』がある。その最後のほうで、ブッダが弟子のスブーティに究極の説法の仕方を教えている。それは「説いて聞かせるようにではなく説いて聞かせる」という方法である。先生の著作を拝読していると、ついそんな気分になるのはたぶん私だけではないだろう。

今さら申し上げるのも気が引けるけれど、これほどまでに博《ひろ》い知識がこれほどまでに深い洞察に裏打ちされ、しかもそのすべてが「教養とは、人の気持ちがわかること」という信念によって貫かれている。これはもうそのまま昔の名僧の定義ではないだろうか。

すでに科学くさくもなく、むろん宗教くさくもない文章を読むうちに、我々はいつしかマットウな人間としての道に立ち返る機縁をいただく。これこそスブーティに伝授されたブッダの究極の説法だろう。

先生はいったい現代日本に現れたスブーティなのか、はたまた観音なのか。

大いなる知の蓄積が、直観を鈍らせないというのも極めて禅的なことだと思う。先生のおっしゃる「丈夫な脳」でこそこれも可能なのだろうか。

今回の本で思わず深く頷《うなず》いたのは、「ゴキブリと近代文明」と題された一文のなかで先生が示された直観である。

「意識にとって不都合なのがゴキブリです。私はあのゴキブリを追っかける異様な執念に興味がある。どうしてあんなか弱い生き物が気に入らないのか——。その裏には何か根の深いものがある」と書かれているが、私たち日本の仏教僧侶《そうりょ》にとっても、じつはゴキブリほど悩ましい存在はない。「悉有仏性《しつうぶつしょう》」を語るにも「不殺生戒《ふせつしょうかい》」を語るにも、思わずあいつのことだけは無視しようとする自分がいる。「ゴキブリもですか」と訊かれたらどうしようと懼れる自分がいるのである。

私自身はゴキブリを追いかけたりしないけれど、誰かが追いかけるのを止められない、いや、初めは止めようとしたけれどやがて諦《あきら》め、今では黙視しているのである。

吾《わ》が宗派も、龍ではなく巨大なゴキブリを天井に描き、以《もっ》て渾沌たる自然の力をそこから引き出すべき時だろうか。

私自身のゴキブリ体験を云えば、じつは十八で東京に出て行くまで、あの黒ゴキブリを見たことがなかった。だから下宿の窓から飛び込んできた虫が私の胸元にとまるのを見て、初めはゲンゴロウかと思ったのである。ゲンゴロウにしては動きが素速いなぁと、当時の私は悠長にかまえていた。だから私にとってのゴキブリへの感情は、その後に芽生えたものだと云えるだろう。それなのに今やほとんど条件反射的に「はっ」とする。「はっ」として固まる私と、叩《たた》く女房、という違いはあるものの、いずれにしても先生のおっしゃる「何か根の深いもの」は私も感じる。

ゴキブリがいなければ仏教が説きやすい、などと思わず、やはり「はっ」とするそこにこそ仏教、ひいては禅があると思って修行しなおさなくてはなるまい。

じつは我が妙心寺の開山、関山慧玄《かんざんえげん》禅師は、岐阜の山里から都の花園法皇に妙心寺第一世として招かれたとき、別れを惜しみ最後の説法をと迫る年老いた農民の老夫婦に対し、いきなり近づいてきて二人の頭をごつんとぶつける。思わず「痛っ」と叫んだ二人に、禅師は「そこじゃ、そこが大事じゃ。それを忘れるな」と言って去る。

いったい何のことかと思われるだろうが、こういった禅の神髄が、じつは養老先生の本を読めばすんなり理解できるのである。「人間のつくったものは信用するな」「考えてやることは信用がおけません」。そんなふうに優しく説いてくだされば、この「思わず」出した声の「自然」も理解できるだろう。

荒っぽい禅を、先生は紳士的に知的に説いてくださる。それと知らないうちに、養老先生の読者は禅の思考をも身につけてしまうのである。この本のなかで最もそれを感じたのは、直接的な仏教観やゴキブリの話よりも、むしろ「手入れ」の思想かもしれない。

恐ろしい自然とのつきあい方として、日本人が見出《みいだ》した「手入れ」という生き方――。里山だけでなく、先生は子育ても「手入れ」だとおっしゃる。とても納得できる言葉だった。そして私は、なるほど私たちがしょっちゅう頭を剃《そ》るのも、ああ、手入れなんだと思ったのである。

とにかく現代社会を元気に生きるには、自分を手入れするしかないだろう。それにはまず養老先生の本を読む――。そして読んだらどうするのか？　その心配まで先生はしてくださっている。

「意識の中に閉じこもることをやめれば、時間的な余裕も生まれてくるのです。そこから、かけがえのない未来もひらけていくように思います」

なんと優しくも厳しい結論だろう。

もはや「時間的な余裕がない」などという言い訳は通用しない。

さあ、読んだらとにかく意識から抜け出すため、書を置いて（捨てることはない）野山や海や川に行くか、虫取りするか、あるいは坐禅《ざぜん》するか、それとも頭でも剃る？

何でもいいけれど、どうせならなにか人真似でない方法で、「かけがえのないもの」に親しんでいただきたい。

ところで先生、ゴキブリに「はっ」とする私のこの自然は、どうやって「手入れ」すればいいんでしょう？

叩けず固まる私は、すでに不殺生戒で「手入れ」されてると考えて宜《よろ》しいのでしょうか？


（二〇〇八年十一月、作家）

この作品は平成十六年八月白日社より刊行された。

新潮文庫最新刊

石田衣良著
清く貧しく美しく
30歳・ネット通販の巨大倉庫で働く堅志と28歳・スーパーのパート勤務の日菜子。非正規カップルの不器用だけどやさしい恋の行方は。

山本文緒著
自転しながら公転する
中央公論文芸賞・島清恋愛文学賞受賞
恋愛、仕事、家族のこと。全部がんばるなんて私には無理！ ぐるぐる思い悩む都がたどり着いた答えは——。共感度100％の傑作長編。

瀬名秀明著
ポロック生命体
人工知能が傑作絵画を描いたらどうなるか？最先端の科学知識を背景に、生命と知性の根源を問い、近未来を幻視する特異な短編集。

望月諒子著
殺人者
相次ぐ猟奇殺人。警察に先んじ「謎の女」へと迫る木部美智子を待っていたのは!? 承認欲求、毒親など心の闇を描く傑作ミステリー。

遠田潤子著
銀花の蔵
私がこの醤油蔵を継ぐ——過酷な宿命に悩みながら家業に身を捧げ、自らの家族を築こうとする銀花。直木賞候補となった感動作。

伊藤比呂美著
道行きや
熊日文学賞受賞
夫を看取り、二十数年ぶりに帰国。〝老婆の浦島〟は、熊本で犬と自然を謳歌し、早稲田で若者と対話する——果てのない人生の旅路。

新潮文庫最新刊

コンラッド
高見浩訳
闇の奥
船乗りマーロウはアフリカ大陸の最奥で不気味な男と邂逅する。大自然の魔と植民地主義の闇を凝視し後世に多大な影響を与えた傑作。

カポーティ
小川高義訳
ここから世界が始まる
―トルーマン・カポーティ初期短篇集―
社会の外縁に住まう者に共感し、仄暗い祝祭性を取り出した14篇。天才の名をほしいままにしたその手腕の原点を堪能する選集。

C・R・ハワード
高山祥子訳
56日間
パンデミックのなか出会う男女。二人きりの愛の日々にはある秘密が暗い翳を投げかけていた。いま読むべき奇跡のサスペンス小説！

P・オースター
柴田元幸訳
写字室の旅／闇の中の男
私の記憶は誰の記憶なのだろうか。闇の中から現れる物語が伝える真実。円熟の極みの中編二作を合本し、新たな物語が起動する。

P・ベンジャミン
田口俊樹訳
スクイズ・プレー
探偵マックスに調査を依頼したのは脅迫された元大リーガー。オースターが別名義で発表したデビュー作にして私立探偵小説の名篇。

D・E・ウェストレイク
木村二郎訳
ギャンブラーが多すぎる
ギャンブル好きのタクシー運転手が殺人の容疑者に。ギャングにまで追われながら美女とともに奔走する犯人探し――巨匠幻の逸品。

かけがえのないもの

新潮文庫　よ-24-5

平成二十一年一月一日発行
令和四年十月三十日十刷

著者　養《よう》老《ろう》孟《たけ》司《し》
発行者　佐藤隆信
発行所　株式会社　新潮社

郵便番号　一六二―八七一一
東京都新宿区矢来町七一
電話　編集部(〇三)三二六六―五四四〇
読者係(〇三)三二六六―五一一一
http://www.shinchosha.co.jp

価格はカバーに表示してあります。
乱丁・落丁本は、ご面倒ですが小社読者係宛ご送付ください。送料小社負担にてお取替えいたします。

印刷・錦明印刷株式会社　製本・錦明印刷株式会社

ISBN978-4-10-130835-7 C0140